# 秘虐の花嫁

遠野春日

幻冬舎ルチル文庫

C O N T E N T S

✦目次✦

秘虐の花嫁




✦カバーデザイン＝久保宏夏（omochi design）
✦ブックデザイン＝まるか工房

イラスト・サマミヤアカザ ✦

# 秘虐の花嫁

# I

「第五十四代レティクリオン皇帝、ヴァシル四世陛下。並びに第十二妃アイシス様」

侍従長が高らかに、威厳を持って、皇帝夫妻の親臨を告げるなり、盛大な舞踏会が催されている真っ最中の大広間に好奇と興奮に満ちたざわめきが広がった。

二階まで吹き抜けになった高い天井に吊り下げられた何十ものシャンデリアが眩《まばゆ》く煌《きら》めく中、豪奢《ごうしゃ》な細工が施された大階段の最上段に皇帝が姿を現す。

おおっ、と深い敬意と感動に満ちたどよめきが、招かれた千人にも及ぶ客の口から発せられる。

皇帝の正装である濃紺に金のボタンやモール、縁取りをあしらった軍服に、踝《くるぶし》まで隠す長いマントを羽織った若き美貌《びぼう》のヴァシル四世は、神々《こうごう》しいまでの存在感を放ち、一同を冷徹なまなざしで見下ろしている。ともすれば傲岸《ごうがん》にも受け取れるが、拝顔の栄に浴した特権階級に属する一同にとっては、畏怖《いふ》を感じこそすれ、悪感情など一筋たりとも抱《いだ》きはしない。

この世界において、レティクリオン帝国の威信は絶大で、その最高位にある皇帝陛下は絶対無二の存在だ。

また、この若き皇帝は、臣民はもとより近隣国の元首らからも、恐れられ、ひれ伏されるにふさわしい格を身に着けている。その上、長身ですらりとしていながら日々鍛錬を欠かさない屈強で均整の取れた美しい体躯《たいく》、気品に満ちて整った容貌は、数多《あまた》の人々の心を摑《つか》んで放さない強烈な魅力を持っていた。

決して優しげではない、むしろ冷ややかで傲慢《ごうまん》な印象の強い、榛色《はしばみいろ》をした切れ長の目。どちらかと言えば色白で、猛々《たけだけ》しさより雅《みやび》やかさを感じさせる二十七歳の皇帝ヴァシル四世は文武共によくこなし、施政に関しても卓越した才覚を示す、臣民にとって理想の君主だ。

そのヴァシル四世が、皇室主催の今宵の大舞踏会に、一月前迎えたばかりの新妻を伴って現れた。人々の関心は否応もなく第十二妃アイシスに向けられ、異国から嫁いできたまだ十八歳の初々《ういうい》しい妃《きさき》を好奇心たっぷりに見つめ、品定めする。

「まぁ、なんてほっそりとした御方。ご覧になって、あの折れてしまいそうなお腰」

感嘆とも羨望《せんぼう》ともつかぬ溜息《ためいき》があちらこちらで洩《も》らされる。

「十二番目のお妃様は男の方だと聞いていたが」

顎鬚《あごひげ》に手を当てて訝《いぶか》しむ客に、近くにいてその呟《つぶや》きを耳にした別の客が、親切にも第十二妃アイシスについて知っていることを教える。

「新しいお妃様は北方に位置するヴァロス王国の七番目の王子で、あのとおりの並外れた美貌が陛下のお目に留まり、このたびのお輿《こし》入れと相成《あいな》ったそうですぞ」

「それではあのお姿は陛下のご趣味というわけですか」

ほほう、と目を細め、顎髭を生やした中年の貴族は好色そうな笑いを口元に浮かべる。

威風堂々と大階段の上に立つヴァシル四世に腕を取られ、公式の場に初めて顔を出したアイシス妃は、夜会にふさわしく大胆に肩を露《あらわ》にし、柳のような腰のラインの美しさを強調した豪奢なドレスを着こなしている。腰まで真《ま》っ直《す》ぐ伸ばされた長い髪は、掬《すく》えば指からサラサラと流れ落ちていくかのように艶《つや》やかで美しく、レティクリオンでは珍しい淡い金色だ。瞳と同じ色のドレスに合うよう、髪の半分は垂らしたまま、あとの半分は若さと愛らしさを強調させる形に結い上げられていて、髪飾りについた見事な宝石に淑女たちの多くは目を瞠《みは》っていた。

挨拶を、と皇帝に促《うなが》され、どこからどう見ても女性そのものの美しい妃は、大舞踏会に集まった千人からの客人が注視する中、優雅にドレスの裾《すそ》を摘《つま》み、膝を折って頭を下げた。

雪のように真っ白い肌、しなやかな肩と腕、細い首。どこをとっても非の打ち所のない完璧な美貌に、衆目は息を呑《の》み、一時言葉を失う。

皆が我に返ったのは、アイシス妃と腕を組んだ皇帝が大階段を下りだしてからだ。

皆の注目を浴び続ける中、裾の長いふわりと膨らんだドレスで盛装した妃は、いささかぎこちない足取りで皇帝の横を歩く。

「いやはや驚きました。確かにお美しい。まことドレスがお似合いだ。ああしておられると美少女そのものではありませんか」

「ええ。陛下は男色の傾向はお持ちにならないとお聞きしますが、あのように女装をさせれば、公式の場で連れ歩くのにこれ以上ない箔《はく》付けになるとお考えになられ、ご側室にお迎えになったのでしょう」

「そういえば同性の方を側室にされるのは初めてですな」

「どうした風の吹き回しかと、お輿入れが決まった折には宮廷中が首を傾《かし》げたようですよ。しかし、実際にお妃様をお披露目《ひろめ》いただいて、それも納得ですな。あのように臈長《ろうた》けて美しい御方にはこれまでお目にかかったことがない。男色のご趣味のない陛下ですらお心を動かされたとしても、なんら不思議ありません」

まったくです、と髭の男も深く頷《うなず》く。

「しかも初々しい。少し恥じらった様子といい、陛下を頼るまなざしの熱っぽさといい、見ていてたまりませんな。さぞかし夜は……ああ、いやいや、これは失礼」

さすがに品がなさ過ぎだと自重して、男は面目なさそうに咳払いした。

「それにしても、あの細腰も驚嘆に値するが、胸の膨らみはいったいどうやって作っているのでしょうな」

「なにか付けているんでしょうが、見事な女装ですな」

紳士たちから好色なまなざしを注がれる一方、婦人たちからはやっかみと、女性の自分たちより美しい十二妃を陛下が寵愛《ちょうあい》なされば、さぞかし他の妃たちは面白くないのでは、などという意地悪な憶測が飛び交う。

「言ってはなんですけれど、皇妃様は陛下より五歳もお年上。今年三十二におなりでしょう。陛下がご自身より一回り以上もお若いご側室をお迎えになったとなると、お心穏やかではいられなくなるのではないかしら。ねぇ？」

「せめてもの救いは第十二妃様が男性で、陛下がどれほどご寵愛なさろうとお子様がおできになる心配はないということですわ」

「陛下にはすでに三男三女がおいでですでしょう。皇妃様のお産みになったお子様はご次男ですけど、第三妃様のお産みになったご長男よりお立場が上ということになって、お世継ぎに定められていらっしゃるから、今さら新しいご側室を迎えられたとしても、さほど動じられはしないのではないかしら」

「たぶんね。今度のご側室は陛下の気まぐれ以外の何ものでもないと、ヴァロスに随行していた従者たちの間でももっぱらの噂だったようですわよ」

「陛下もいよいよ美しい同性にお手を付けられたか、と主人も意外そうに申しておりました。元々陛下は閨房《けいぼう》にはあまり興がお乗りにならないとも小耳に挟んでいますの」

「きっとあの珍しい色の御髪《おぐし》と清純そうな菫色《すみれいろ》の瞳がお気に召したのね」

「お綺麗《きれい》だわ、本当に」

眺めているだけでうっとりする、と淑女たちは悔しいながらも認めて頷き合う。

「でも、あの腰の締め方はいくらなんでも酷ではないかしら。私たちだってあそこまで細く締め上げられたら息をするのも大変だと思うわ」

「仕方がないわよ。陛下を際立たせるために添えられた華の役目を負うのが十二妃様のお立場ですもの」

「あ、今ちょっとよろめかれたわ。足元は見えないけれど、ヒールの高い靴を履かれているようね。胸もなんだかお辛《つら》そう。あれはどういう仕掛けかしら。殿方の平らな胸でさえあれほど豊かに作れるのなら、女性の私たちはどうなるかしら。ぜひ試してみたいとお思いにならない？」

「実は私も先ほどからずっとそう考えておりましたの」

大広間のそこかしこで、こうした会話が繰り広げられていた。

「皆がおまえの美しさに見惚《みと》れている。俺も鼻が高い」

肘《ひじ》の上まである長手袋を嵌《は》めた第十二妃アイシスに腕を貸し、ゆったりとした足取りで大広間を歩いて回りつつ、皇帝ヴァシルは感情の籠《こ》もらないそっけない調子で言った。

アイシスは恥ずかしそうに長い睫毛《まつげ》を伏せて揺らし、耳朶《じだ》を薄桃色に染める。

「もっと胸を張って綺麗に歩け」

ヴァシルはアイシスが少しでも姿勢を崩しかけると厳しく叱責《しっせき》する。

「はい。申し訳ございません」

最大最強の大国レティクリオンの皇帝であるヴァシルに何一つ逆らえない立場で嫁いできたアイシスは、どれほど無慈悲で無体な要求にも粛々と従わざるを得ない。

履き慣れない高い踵《かかと》の靴で足が傷つき、肋《あばら》がギシギシと悲鳴を上げるほど締め付けられた胴のせいで息を吸うたびに体が痛んでも、乳首がそのうち腐り落ちてしまうのではないかと心配になるほど胸を作る道具で苛《さいな》まれても、アイシスは泣き言を洩らすことすら許されず、ひたすら耐えるしかない身だ。

ヴァシルの言うとおり、顔を上げて背筋を伸ばし、微笑を湛《たた》える。

「このたびはおめでとうございます、陛下。アイシス様」

「もうレティクリオンにはお慣れ遊ばしましたか、アイシス様？」

アイシスはヴァシルに連れ回され、何百人という貴族や政府の役人、軍人、芸術家や学者などに同じような挨拶を受けた。そのたびに膝を折って応えねばならず、ときには無遠慮に胸元を不思議そうに見られ、息苦しさと羞恥《しゅうち》と痛みに、何度となく気が遠くなりかけた。

万が一にもここで倒れたら、ヴァシルに大変な恥を掻《か》かせることになる。そんなことにでもなれば、後でどれだけひどい目に遭わされるかわからない。考えただけで身震いがして、アイシスは気力を保とうと必死に努めた。

二時間近くかけて各人と二言三言言葉を交わし終えたところで、ヴァシルはアイシスにカクテルグラスを差し出した。

アイシスは礼を述べてグラスを受け取り、喉を焼く強い酒を一口飲んだ。

たちまち頭の芯がクラリとしてくる。故郷にいたときには酒など飲んだことがなかったので、アイシスは酒に耐性がない。だが、ヴァシルに飲めと言われたら、たとえ毒だとわかっていても飲まねばならぬと、父王に重々言い含められている。

妻とは名ばかりの奴隷《どれい》――アイシスは己《おのれ》の立場をそう弁《わきま》えている。

ヴァシルは傍らでやはり同じ透明なカクテルの入ったグラスを傾けつつ、冷ややかな目を眇《すが》めてアイシスを見て、フッと口元を綻《ほころ》ばせた。今宵皆が見せた反応にとりあえず満足しているといった感じで、それ以上の意味で喜んでいる様子はない。

一月と少し前、友好国の視察としてヴァロス王国を訪れたヴァシルは、王宮でたまたまアイシスを見かけ、男とは思えない美貌に強い関心を持った。同じ人間とは思えない透き通るような肌や髪、陽光を受けて宝石のように輝く紫水晶の瞳に魅入《みい》られ、美術品を手に入れたいと欲するのと同じ感覚で求めたのだ。

「あの者を我の十二番目の妻にもらい受ける。代わりに貴国には、我が帝国と縁戚関係にある国としてこれまで以上の便宜を図ろう」

ヴァシルの求婚に王は諸手《もろて》を挙げて喜び、一も二もなくアイシスを差し出した。

もとより父王にとってアイシスはさして重要な存在ではなかった。九人いる子供のうちの七番目の息子だが、他の八人が正式な婚姻《こんいん》をしている王妃や側室の子であるのに対し、アイシスだけは王妃付きの侍女に手を付けて生まれた子で、最も弱い立場だった。母親は二歳のとき病死してしまい、以降ずっと後宮で妃たちや母親違いの兄弟姉妹の間で肩身の狭い思いをして過ごしてきた。兄弟姉妹の誰とも打ち解けられず、妃たちからは虐《しいた》げられ、唯一の頼みの綱である父王は面倒を嫌って知らん顔をする。むしろヴァシルの申し出は渡りに船だった。

アイシスにしてみれば、初めて自分を認め、欲してくれたのが帝国の若き皇帝だったわけだが、それをなんの疑いもなく僥倖《ぎょうこう》だとありがたがれたのは、求婚されて帝国に連れ帰られる僅《わず》か数日の間だけだった。現実はそんな甘く夢のあるものではないと、初夜にさっそく思い知らされた。

古来、帝国では異性愛と同様に同性愛が盛んで、複数の妻を持つことを認められている特権階級の貴人たちの間では同性の妻は珍しくもなんともない。先代の皇帝だったヴァシルの父に至っては、四十余人いたという側室のうち、半数が男だったというくらい一般的なことと認識されている。

しかし、ヴァシルは好色で知られた先代とは似ても似つかず、皇妃をはじめアイシスの前に迎えた十一人の妃たちはすべて政略によって周囲からあてがわれたものだ。夜の営みにもさっぱり関心を示さず、皇帝の務めとして最低三人の息子をもうけるまで、侍従の組んだ順番どおりに妻たちの寝室を訪れ、義務を果たしていただけだ。

興味本位に他国の王子だったアイシスを妻にはしたものの、愛情はもとよりそれ以外のどんな情も感じておらず、単に連れ歩いて見せびらかす対象として手に入れただけなのは明らかだった。

アイシス自身の意思はまったく考慮されず、父王と皇帝の間であっという間に話が決まり、見初《みそ》められた日から二日後には十八年住んだ王宮を出された。そうして、見たこともない大きな街が広大な領土のあちこちに栄える、文化も習慣も異なる国で暮らすことを強《し》いられながら、夫となったヴァシルからは愛情の欠片《かけら》もかけてもらえず、アイシスは心許《こころもと》なく、不安でいっぱいの日々を過ごしている。幼少の頃から常に孤独だったが、誰も知った人がいない中に一人で放り出されて味わわされる孤独は、恐怖に近かった。

ヴァシルに飽きられ、打ち捨てられたら、アイシスはもうどうすればいいのかわからない。故郷に帰されても、もはや居場所はないに決まっている。父王は激怒し、アイシスを追い返すだろう。北方の小国であるヴァロス王国は資源をほとんど有しない貧しい国だ。主な産業は農耕と牧畜だが、自国で消費する分の生産能力しかなく、輸出して対価を得るまでには至らない。帝国の庇護と援助がなければ立ち行かないのだ。そのために昔から伝統的な工芸品である希少な織物や、ごく僅か産出する珍しい宝石を、年に一度、貢《みつ》ぎ物として帝国に献納している。要するにアイシスもそれら貢ぎ物と同等の扱いなのだ。

もはやヴァシルの傍《そば》にいる以外、アイシスにはどこにも居場所がない。

そう思うとどうしようもなく心細く、また怖くなり、一時も気が休まらない。

女装でもなんでも、ヴァシルの機嫌を損ねないために完璧にこなさなくてはと、アイシスは気を張り詰めさせどおしだった。

「陛下、お妃様とぜひダンスをご一曲ご披露いただけませんでしょうか」

周囲に所望され、ヴァシルは眉根を寄せつつも、仕方なさそうにアイシスの手を取った。

室内管弦楽団が奏で始めたのはゆったりとした曲調の円舞曲《ワルツ》だ。

皇帝が十二番目のお妃とダンスをお披露目するとあって、ホールの中央が大きく開けられた。アイシスは緊張のあまり足が震えだし、

「私……私、自信がありません……」

と今夜初めて小さな声で弱音を吐いた。

「自信？　そんなものはおまえに必要ない」

ヴァシルは冷淡に、切って捨てるような調子で言うと、ひたとアイシスの目を見据え、腰を深くホールドしてきた。握った手を通して、なにものにも動じないヴァシルの力強い意志がアイシスの中に流れ込んできた気がした。

「おまえは俺だけを見て、俺に従いさえすればいい」

自信に満ちたヴァシルの言葉は薬物のようにアイシスの脳髄《のうずい》を痺《しび》れさせ、不安を和らげる。

典雅な印象の白皙《はくせき》の美貌が、腕に覚えのある武将より頼もしく感じられ、大船に乗った気分で身を委《ゆだ》ねようという気持ちになる。公的な立場では我という一人称を用いるヴァシルが、プライベートでは俺と砕けた言い方をするのもアイシスは好きだった。ごく親しい人間にしか見せない顔を見せられているようで嬉《うれ》しい。

「ドレスの裾捌《すそさば》きにだけ注意しろ。裾が足に絡《から》んで躓《つまず》いたりしたら、さすがに俺もフォローしきれない」

「はい」

アイシスが体から強張《こわば》りを抜くと、ヴァシルは大きく優雅なリードでアイシスを蝶のように舞わせ、流れるような見事なステップを踏み始めた。

わあ、と観衆の間から歓喜と感心の声が湧き上がる。

ヴァシルの安定したリードに身を任せ、ドレスの裾を華麗に揺らしながら、アイシスはヴァシルの取り澄ました顔をときどき目の隅に入れ、この人は今この瞬間何を感じ、何を考えているのだろう、と思った。あまりにも表情がなさすぎて、想像すらできない。

初めて顔を合わせたときも、こんなふうだった。

アイシスは曲に合わせて舞わされながら一月と少し前、ヴァロスの王宮で歓迎の晩餐会《ばんさんかい》が開かれた夜を思い出していた。

＊

帝国の皇帝ヴァシル四世が友好関係の確認と視察を目的として北方三国を訪れ、三番目にヴァロスに到着したのは、その日の午後だった。ヴァシルを歓迎するための晩餐会が開かれることになり、アイシスもまた大きな長テーブルの末席についていた。

粗相があっては大変、とできるだけ目立たなくしていたにもかかわらず、その席でヴァシルは自分から一番離れた場所にいたアイシスに目を留め、一言も話さぬうちから気に入ったらしい。

「あの者の名はなんと申すのか」

唐突に訊《たず》ねられた父王はいったいアイシスの何がどう皇帝の気に障ったのかと、傍目《はため》にも明らかなくらい狼狽《ろうばい》していた。アイシス自身、いったいなぜと身に覚えのなさに兢々《きょうきょう》とし、生きた心地もせぬほど動揺して固唾《かたず》を呑んだ。

そして、ヴァシルの口から出たのが、誰一人として予想していなかった求婚の言葉だったのだ。同性婚の風習のないヴァロスではあり得ない話だったし、きりりとした男前の皇帝に姉二人はそわそわしていたので、父も二人のうちのどちらかをというくらいの心づもりはしていたようだが、まさか末子のアイシスをくれと言われるとは青天の霹靂《へきれき》だっただろう。

大国との絆《きずな》をより強固にするための人身御供《ひとみごくう》として、どんな扱いを受けようと従うようきつく言い含められ、アイシスは二日後にはなんの支度《したく》もせぬまま身一つでヴァシルの一行に引き渡され、帝国までの道中、馬車に揺られ続けた。馬車には一人で乗せられ、途中休憩が何度かあったものの、馬車から降りることは許されず、ヴァシルの姿も見なかった。

不安は尽きなかったが、生まれたときから誰にも相手にされず虐げられてきたアイシスにしてみれば、自分に初めて興味を持ってくれたのがヴァシルだったので、それだけは嬉しかった。なんらかの情を感じたから自分の許に来いと腕を引かれたはずだと思い、新しい環境を居心地のいいものにするかしないかは、己の心がけにかかっていると考えた。

しかし、ヴァシルはアイシスが思い描いていたよりずっと非情で、側室を迎えることなど取るに足らない些末《さまつ》な出来事で、ペットとして溺愛《できあい》している黒猫のレノスと初めて顔を合わせたときのほうがよほど興奮し、生き生きと愉《たの》しげにしていたらしい。異国で見初めた男を第十二妃として皇室に迎え入れたのも、ちょっとした気まぐれからだったのだと、初夜の寝室で早くも思い知らされた。

帝国の皇帝は望めば何人でも妻を持てる身のため、国を挙げての結婚式やお披露目といったものは皇妃以外とは行わない。だが、政略婚が多いので、初夜だけは事が成ったと証明するために見届け人の前で性交して見せなくてはならないしきたりで、ヴァシルもそれを省くことはできなかったようだ。

丸一日かけて到着した王宮は、ちょっとした田舎町《いなかまち》一つ分はありそうな、想像すら追いつかないほど広大な敷地の中に堂々と聳《そび》え立つ、美麗かつ豪奢な建物だった。

アイシスは通常王宮を訪れた客人と変わらぬ扱いで、侍従一人と侍女二人に出迎えられ、馬車から降りてそのまま部屋に案内された。

どこをどう曲がって辿《たど》り着いたのか覚えていられないほど奥まった場所にある部屋で、寝室と居間、さらには衣装部屋が二つと寝室と同じくらいの広さがある浴室が一続きになった贅沢な間取りに茫然《ぼうぜん》としてしまった。

「まずはご入浴とお召し替えを」

にこりともしない侍女二人に促され、湯を使って体を清めたあと、床まで届く長衣を着せられた。張りのある布地で作られており、胸元の切り替え部分から下にかけての前面に細かなダーツが模様のように施されている。手の込んだ美しい衣装だ。袖《そで》は二の腕の中程までふわりと膨らんでいて、そこから先はアイシスの腕にぴったりと添うように細くなる。袖は斜めにカットされ、手の甲にかかる部分だけ長くしてあった。衣装全体は軽く、体のどこも締めつけないため着心地がいい。これはレティクリオンの貴人たちが普段寛《くつろ》ぐ際に着用する衣装の一種で、男女兼用らしかった。

長い髪は丁寧に梳《す》かれ、茶色の細いリボンで一括《ひとくく》りにされて、左肩から前に垂らされる。

「このまましばらくこちらでお待ちください」

アイシスの身支度が調うと、侍女たちは愛想のないつんとした態度でお辞儀をして退出した。生まれたときから帝都で育った名家の子女たちのようで、たいそう洗練された雰囲気とセンスのよさを持ち合わせていたが、アイシスのことは内心北方の小さな王国から来た田舎者と軽《かろ》んじているのが伝わってきて、世話を焼かれている間アイシスは肩身の狭い思いがして心地悪かった。

しばらく、というのがどれくらいの時間を指すのかもわからぬまま、アイシスは言われたとおりソファにじっと腰掛けて待ち続けた。

手持ち無沙汰《ぶさた》だったが本の一冊すら見当たらず、時間だけが無為に過ぎていく。空腹も感じてきたが、一時間しても二時間しても誰も姿を見せない。呼べば侍女が用を聞きに来るのかもしれないが、勝手なことをして咎《とが》められたらと思うと怖くて、それもできなかった。

王宮に着いたのは午後になってすぐといった頃合いだった。結局、アイシスは日が暮れるまでソファにただ座ったまま過ごし、眠気と空腹で今にも倒れそうになりかけた頃、ようやく扉が叩かれた。

恭《うやうや》しく部屋に入ってきたのは二十代半ばと思《おぼ》しき若い侍従で、「お腹《なか》がお空《す》きでございましょう」と夕食を運んできてくれていた。

出されたのは、濃いポタージュとパン、それからブドウや梨などのフルーツ類だ。

初夜を迎える花嫁は、肉や魚は食べられない決まりだと、婉曲な表現で申し訳なさそうに説明された。

「陛下にはいつ会えますか」

アイシスは感じがよくて親切な侍従に思い切って聞いてみた。

「もうしばらくすれば、こちらに訪れになります」

ここでもまた「しばらく」だ。アイシスはこれ以上聞いても無駄なのだと悟り、俯《うつむ》いてしまった。

ヴァシルだけが唯一の頼みの綱だったが、どうやらあまりあてにしてはいけないようだ。少しずつ己の置かれている立場が見えてきて、アイシスは少しでも甘いことを考えた自分を恥ずかしく感じだした。

「その前に、もう一度お召し替えいただかねばなりません。すぐに侍女が参ります」

「わかりました」

アイシスは若い侍従を困らせては悪いと思い、顔を上げて彼を見た。

すると、侍従ははにかんだように顔を赤らめて、ぎくしゃくした態度で無礼を詫《わ》びてきた。皇帝の妃になるアイシスを不躾《ぶしつけ》に見つめてしまったことをお許しくださいと言う。アイシスはかえって困惑し、なんと返せばいいのかわからなかった。それはいけないことなのですかと問うのも憚《はばか》られた。きっといけないことなのだ。

それっきり侍従はピタリと口を閉ざしてしまい、食事の後片付けをすると速やかに出ていった。

侍従が去ってから三十分ほどして、再び昼間世話になった侍女のうちの年嵩《としかさ》のほうがやってきた。浴室で再び湯に入らされ、今度は寝間着を着せられた。素肌の上に直接、透けた柔らかな布地の寝間着を身に着け、つるつるとした手触りのドレッシングガウンを羽織らされる。どちらも高級なレースをふんだんに使用した豪奢で美しいものだ。

アイシスが入浴して着替えている間に、侍女がもう一人と侍従が二人来ていて、寝室の用意が調えられていた。

「どうぞ、ベッドにお上がりください」

寝室全体を照らす天井のシャンデリアは消され、ベッドの両脇や窓辺のティーテーブル、壁際のコンソールの上など、所々に置かれた燭台《しょくだい》にそれぞれ三本ずつ蠟燭《ろうそく》が立てられていて、室内を適度な薄暗さにしてあった。

作法をまったく教えられてこなかったアイシスは、これから何が始まるのか定かでないまま、大柄で厳格そうな性格が顔に出ている侍従長の言うとおりにするしかなかった。

ガウンを羽織ったまま、純白の、皺《しわ》一つないシーツの上に膝を折って座る。

傍らでゆらゆらと蠟燭の火が揺れ、銀盆を捧げ持って近づいてきた侍従の顔に差す影が動く。三十代半ばくらいの落ち着いた男だった。なんでも弁えていて、儀式に則《のっと》り、粛々と役目を果たしている感がある。先ほどの若い侍従とは違い、アイシスを見ても硬い表情を崩さず、不用意に長く視線を向けてくることもない。

「寝酒でございます」

銀製の小さな杯《さかずき》に入った赤い酒を飲むように言われる。

アイシスは躊躇《ためら》いを払いのけ、酒を飲んだ。蜂蜜《はちみつ》でも混ぜてあるかのように甘く、妖艶《ようえん》な花の香りがして、一口飲んだだけでもうあとは遠慮したくなるような癖の強い酒だった。我慢して全部飲み干したが、飲んだ途端に戻したくなるくらい胃がむかつきだして、全身が熱を帯びたように火照《ほて》ってきた。

「あの、私……」

「ご心配なく。お体に害のあるものではございません」

侍従は平然として言う。

やはりただの酒ではないのだとアイシスは察し、鼓動を速めだした心臓を手で押さえ、息が上がりそうになるのを必死に堪《こら》えた。侍従たちの前で醜態《しゅうたい》を見せるのは恥ずかしかった。せめてもの救いは、侍女二人は寝室には入ってきておらず、この場にいないことだった。

そうこうするうちにアイシスの体は汗ばむほど熱くなり、気怠《けだる》さに襲われて力が入らなくなってきた。頭が重くて前のめりになる。立て直そうとすると上体が揺らぐ。背中を起こしているのもやっとで、膝をぴったりと閉じることができずにだらしなく緩めてしまう。腕もだらりと垂らしているだけで、指を動かすのも自分の思うようにいかなくなっている。

とうとうバランスを崩して大きく傾いだ体を、侍従がすかさず受けとめ、ゆっくりと頭を枕の上に載せ、全身を伸ばしてシーツに仰向《あおむ》けに寝かせてくれた。

「効いてきたようだな。それでは始めてくれ、ハンス」

「畏《かしこ》まりました」

傍らで侍従長と侍従が交わす会話が耳に入る。

体はこれだけ怠くて、まるで力が入らないというのに、意識は混濁することなくしっかり保たれている。だが、声を出そうとすると、舌が少し痺れたようになっていていつものような感覚がなく、覚束《おぼつか》なくしか喋《しゃべ》れなかった。

「なに、を……するの、ですか……」

こんな無様な形で体だけいいようにされるのは嫌だ。このような屈辱を受けるとは思わなかった。ヴァシルはいったいどうしたのか。訴えたいことや聞きたいことが山のようにあったが、口がまわらない上に、気が昂《たかぶ》って頭の整理がうまくつけられず、怯《おび》えた目でハンスという無表情の侍従を見ただけだった。

「アイシス様のお体を、陛下をお迎えできるように準備させていただくだけです」

ハンスは当然のことだと言わんばかりに短く説明すると、部屋の隅に控えていたもう一人の侍従を「アンゲロ」と呼んだ。食事を持ってきてくれたあの若い侍従だ。

畏まって近づいてきたアンゲロに、ハンスはヴァシルの寝間着を腰までたくし上げ、脚を開かせるよう命じた。

「い、いや……っ」

思わず禁句が口を衝《つ》く。本能的な恐れが理性を凌駕《りょうが》した。

ハッとして青ざめたが、ハンスは咎めるような冷たいまなざしでアイシスを見下ろしただけで、何も言わずにツルツルとした素材の薄い手袋を両手に嵌めだした。

若いアンゲロの手で容赦なく寝間着をたくし上げられる。ガウンは羽織らされたままだが、裾を開いて体の下に綺麗に敷き込まれているため、体を隠す役目はしない。もとより透けた薄い生地越しに淡い色の恥毛を生やした下腹部がチラチラと見えてはいたが、完全に剝《む》き出しにされる恥辱《ちじょく》にはとうてい及ばない。

両脚を肩幅よりも大きく開かされ、腰の下に筒型のクッションを置かれて下肢を持ち上げ、突き出すような格好を取らされる。アイシスは恥ずかしさに生きた心地もせず、硬く目を瞑《つぶ》って唇を嚙《か》み締めた。

寝酒と言って飲まされた薬の効能で意識はあるのに体は動かせず、人形のようにされるままだ。そのくせ、触れられるとたちまち鳥肌が立つほど感じて、脳髄や体の芯に淫《みだ》らな刺激が押し寄せる。

腰を持ち上げられたせいで、お尻《しり》の谷間に息づく恥ずかしい窄《すぼ》まりまで晒《さら》している。

そこをハンスに手袋をした指で遠慮なくまさぐられ、アイシスは「ひっ」と尖《とが》った声を上げて再び目を開けた。見るのも怖いが、見ないのはもっと恐ろしい。次に何をされるかわからずに不意打ちのように触れられるのは心臓に悪すぎた。

「アンゲロ。粗相があってはいけない。そこにある紐でアイシス様の御前《おまえ》を括れ」

「はっ」

アンゲロはハンスの命に粛々と従う。

アイシスの体は官能に弱く、たいそう敏感に反応するようで、少し触れられただけで陰茎を勃《た》たせ、隘路《あいろ》から蜜を滴《したた》らせだしていた。なんという淫らではしたない花嫁だ、と疑うようなまなざしをハンスに注がれる。アイシス自身、自分がこれほど我慢の利かない無節操な体をしていたとは想像もしておらず、嘘だと否定したい気持ちでいっぱいだった。

初夜の花嫁が皇帝より先に達《い》くなどもってのほか。ハンスは諭すような口調でアイシスに言い、アンゲロによって、精路を塞《ふさ》ぐように根元をきつく戒《いまし》められた陰茎を、自らの手で確かめる。勃起《ぼっき》している陰茎を紐で惨《むご》く縛られただけでも辛いのに、ハンスは容赦なく括《くび》れを指先で擽《くすぐ》ったり、茎を丹念に扱《しご》いたりして、蜜が溢《あふ》れ出してこないかどうか試していた。

アイシスはたまらず首を打ち振って悲鳴を放ち、辛さに啜《すす》り泣きした。

「我々の前ではどれほどお乱れになってもかまいませんが、陛下がおなり遊ばしたら、あなた様は決して抗ったり嫌がる素振《そぶ》りをなさったりしてはなりません」

ハンスは厳しく諌《いさ》めると、アイシスの後孔に次から次へと機械的な手つきで処置を施していく。

アンゲロにアイシスの両脚を二つ折りにして押さえつけさせる。そんなふうにされると、恥ずかしい部分が天井を向く形になる。アイシスは羞恥に気が遠のきそうだった。夫となる皇帝にだけ見せればいいと思っていた後孔を、家臣たちに先に見られ、弄《いじ》られるとは思ってもみなかった。

慎ましく窄んだ秘部にとろりとした香油が垂らされる。

指で襞《ひだ》を広げて狭い筒の奥まで流し込まれ、アイシスは「あっ、あっ」と濡《ぬ》れた瞳を大きく見開いて喘《あえ》いだ。経験したことのない異様な感触に怖気《おぞけ》だつ。

さらにハンスはアイシスの内側にまでたっぷりと香油を塗《まぶ》すように中指をズブッと突き立ててきた。

「いや……っ、い、いやっ」

「お静かに」

アイシスがどんな反応をしようとハンスは怯《ひる》まない。

「先ほどお飲みいただいた酒にはあなた様の体から緊張を解く秘薬が混じっております。これからこうした営みを行うたびに、事前にあなた様はあれを飲むことになるかと存じますが、それも陛下のお情けであること、肝にお銘じくださいますよう」

確かに、初めてにもかかわらずアイシスの後孔はすんなりとハンスの長く太い指を付け根まで受け入れ、中をまさぐられると快感まであった。痛みはほとんど感じず、ただもう、気持ちがいい。体の奥が痺れるような悦楽に何度も見舞われ、アイシスは抑えきれずに嬌声《きょうせい》を放ち、悶《もだ》えた。

「アンゲロ、お胸をはだけて、陛下にアイシス様の乳首を見せるようにしろ」

「はっ。アイシス様、失礼いたします」

二本に増えた指で後孔を寛げて弄られる快感に浸っているうちに、ボタンを三つほど外され、胸板を露にされていた。チラリと思わせぶりに右側の乳首が覗《のぞ》くように計算してはだけられている。アイシスには、もはや恥ずかしいと感じる余裕もなかった。

「小さいな。それでは映えぬ。少し大きくして差し上げろ。両方ともだ」

「畏まりました」

アンゲロは緊張した手つきでアイシスの胸に手を伸ばしてきた。

両の乳首にぬるっとしたものを塗られる。後孔に垂らされたのと同じ香油だ。

滑りのよくなった乳首を摘んで指の腹で擦《こす》られ、アイシスは後孔に受け続けている刺激以上のものを感じて、一際乱れた声を上げた。

「どうやらアイシス様はお胸がたいそう感じやすいご様子。陛下にご報告しておこう」

ハンスはあくまでも冷静に、科学者が検体に施した実験結果を記録するような無感情さで口にする。

アンゲロに弄り嬲《なぶ》られた乳首はあっという間に充血して一回り大きくなり、ツンと突き出すように存在を主張しだす。色もほのかなピンク色だったのが、赤みを増して淫ら極まりない色になっていた。

二本の指でさんざん掻き回された後孔も、とろとろに蕩《とろ》けている。

ハンスが無造作に指を抜いたとき、すっかり貪婪《どんらん》になってしまったアイシスの後孔は、猥《みだ》りがわしくひくついて、指を離すまいと絡みつき、ハンスに侮蔑《ぶべつ》のまなざしを向けられた。

「陛下にお知らせを」

「はっ」

手袋を外してトレイの上に投げ捨てながらハンスが指示する。

にわかに緊張してきたアイシスの前に、隣室との境の扉を開けて現れたヴァシルが、なんの感慨も抱いてなそうな表情で歩み寄ってきた。

あられもない姿にされたアイシスを見ても眉一つ動かさず、声もかけない。

「もうよいのか」

「はっ。アイシス様のご準備はできております」

ふん、とヴァシルは侍従長に向かって頷き、傲岸に顎をしゃくった。

ハンスとアンゲロが心得たようにきびきびと動く。

アイシスの上体をベッドに上がってきたアンゲロが抱え起こし、自らの腹部に頭を凭《もた》れさせるようにする。

その間に、ロングコートと細身のズボンという普段着姿で訪れたヴァシルは、コートを脱いでシャツ一枚になり、ズボンの前を開いて自らの陰茎を取り出しやすい格好になっていた。コートはハンスが恭しく預かっている。

ヴァシルはギシッとベッドを軋《きし》ませて足元から乗り上がってくると、やはり一言も発さずに大股開きの姿勢をとらされているアイシスの下半身に自らの腰を近づけた。

「その濡れている穴にご挿入ください」

アイシスはハンスの露骨な言い回しにカアッと頬《ほお》を上気させたが、ヴァシルはアイシスの顔などまったく見ていなかった。

「ああ。なるほど。ここに挿《い》れるのか」

ヴァシルの行為はどう考えても義務からくるもので、男同士の性交に関心があるようではなかった。

アイシスを得たのは、本当にただ連れ回して歩くのにちょうどいい、毛色の変わった相手を見つけたからという、この一点にのみ理由があるのだと思い知らされる。そこにヴァシルは興を覚えたのだ。

それでもヴァシルの雄芯《おしん》は見るからに猛々しくそそり立ち、まるで凶器をあてがわれたかのごとくアイシスを怯えさせた。

拒絶の言葉は絶対に口走ってはいけない。アイシスは睫毛を震わせ、目の際に涙の粒を浮

かせつつ、息を止めて身を竦《すく》ませた。媚薬《びやく》入りの酒を飲まされているので肉体は柔らかく熟しているとはいえ、初めて男を受け入れる恐ろしさが薄れることはない。

白皙の美貌に似合わぬ長さと大きさの陰茎が濡れそぼった襞に押し当てられる。

ズプッと躊躇いもなく新妻の秘部を割った皇帝の陰茎は、そのままいっきに狭い器官を押し広げ、十分に湿った内壁をしたたかに擦り立てつつ根元まで穿《うが》たれた。

硬い先端がズンと最奥を突き上げ、アイシスは悲鳴を上げて仰《の》け反《ぞ》った。

アンゲロがすかさずアイシスの顎に手をかけ、聞き苦しい声をそれ以上出せないように手のひらで口を塞ぐ。声を出せなくて辛ければアンゲロの手を噛めということらしかった。

「いかがですか」

「まぁ、悪くない」

ヴァシルは侍従長に対してのみ口を開く。いったん最奥まで穿った陰茎を荒々しく抜き差ししながら、ときおり快感に満ちた息を洩らす。

「この者は我と同じ器官を括られているが、これでよいのか」

「粗相があってはなりませぬゆえ」

侍従長はアイシスがそのためにどれほどせつない思いをさせられているのかは慮《おもんぱか》ろうともせず、切って捨てるような調子で断じる。

「締めつけはいかがでございますか。もっと締めさせましょうか」

「いい。きついくらいだ。だが緩めさせる必要もない」

「それはよろしゅうございました」

自分を無視した会話が交わされるのを聞きながら、アイシスは大きな手で口を塞がれたまま声も洩らさず泣き、全身をのたうたせて悶えていた。

括られ、堰《せ》き止められた陰茎は真っ赤に腫《は》れ上がり、先端を滲《にじ》み出てきた淫液でぐっしょりと濡れそぼらせている。

抽挿のたびにぐちゅぐちゅと淫猥《いんわい》な水音をたてる後孔の浅ましさには耳を塞ぎたくなった。陰茎を引かれるたびに奥から香油が滴り落ちてきて、尻の下になったドレッシングガウンを汚す。

ヴァシルはアイシスの体には指一本触れぬまま、陰茎だけを後孔に挿入し、やがて中に夥《おびただ》しい量の白濁を注ぎ込むと、あっさり体を離した。

ベッドを下りてハンスの手で後始末を受け、着衣を元通り整えると、

「これでいいか」

と感情の籠もらない声で侍従長に確かめる。

「はっ。滞りなく初夜の儀を終えられました。おめでとうございます」

「婚姻後一月の間は新妻と夜を過ごさねばならないしきたりだったな。その者は孕《はら》む心配がないのだから、今後は我が選んだ男に相手をさせよう。かまわぬであろう?」

「御意のままに」

ヴァシルが信じがたいことを言い出すのを、アイシスはしどけなく脚を開いたまま聞いていた。筒型のクッションはアンゲロが外してくれており、酒の効能も薄まっていてもう自分の意思で動けるようになっていたが、シーツに投げ出した脚を閉じる気力さえ残っていなかった。尻の奥から零《こぼ》れてきたヴァシルの精液が内股《うちまた》まで伝っていて、淫ら極まりない姿を晒す。乳首は赤く色づいて尖ったままで、柔らかな寝間着が触れただけで嬌声を上げたくなるほどの快感が体を駆け抜ける。陰茎に巻かれた紐だけがまだ解《と》かれておらず、一刻も早く許されて出したくて、気が違ってしまいそうだった。これから先、我が身がどうなるのかといった不安より、今は解放だけを待ち望んでいた。

侍従長とハンスを従えてヴァシルが退出し、後を任されたアンゲロの手でアイシスは陰茎の根元に巻かれた紐を外され、下腹部が爆発するような痛みに耐えながらトロトロと射精した。出した精はアンゲロが手のひらで受けとめ、後始末までしてくれた。寝間着もきちんと着せ直してもらい、ガウンを脱がされ、髪を束ねていたリボンも外して、毛布を掛けられる。アンゲロが蠟燭の火を一本だけ点けたままにして退出したあと、アイシスは泥沼に引きずり込まれるように眠った。

それが初夜のすべてだった。

準備の段階は屈辱の限りだったが、実際にヴァシルと交わした行為はあっけなく終わり、なによりヴァシルがアイシスの許《もと》にいたのは二十分にも満たない短い時間だけだったことがアイシスを打ちのめし、激しく失望させた。

自分はヴァシルにいかなる情もかけられてはいない。ペット以下の存在であることを、初夜の営みで身をもって認識させられた心地だった。

しかし、真に地獄の日々は翌日から始まった。

初夜に夫としての義理を果たしたヴァシルは、その後いっさい自分ではアイシスを抱こうとせず、代わりに他の男をあてがった。侍従長に言っていたとおりだ。

入れ替わり立ち替わり様々な階級の男たちを呼んではアイシスを犯させ、その一部始終を自分は安楽椅子《あんらくいす》に座って酒を飲みながら冷めた目で見ている。アイシスが閨房で啜り泣き、よがる姿を見るのはまんざらでもないらしく、この一月の間、毎晩のようにそうした酷《ひど》い仕打ちを繰り返している。

一月、一月だけの辛抱だとアイシスは己に言い聞かせ、耐えてきた。

婚姻後一月は新妻の許を訪れることが皇帝に課せられた義務だというのなら、一月が過ぎさえすればヴァシルは夜毎《よごと》アイシスと過ごす必要はなくなる。当然、陵辱《りょうじょく》も無意味になり、やめてくれるだろう。

その一月の最後の夜が、大舞踏会が開かれる日だった。

いわゆる、お披露目の日だ。

皇帝が十二番目に迎えた側室を帝国の中心を担う重要人物たちに紹介するために開かれる大舞踏会。それはアイシスにとって、始まりと終わりが同時に訪れる、待ちかねていた場でもあった。

＊

「何を考えている」

いきなりヴァシルに不機嫌な声で問われ、アイシスはハッとしてこの一月を反芻《はんすう》していた状態から我に返った。

見上げたヴァシルのまなざしが責めるように怒って見え、アイシスは激しく動揺してしまった。

あっ、と思ったときには、あれほど気をつけろと言われていたにもかかわらず、ドレスの裾に靴の踵を引っかけ、よろめきかける。

チッとヴァシルが忌々《いまいま》しげに舌打ちする。

次の瞬間、アイシスはヴァシルに強く腰を引き寄せられ、それ以上姿勢を崩すことなく裾を捌くことができた。

ただ、弾みでヴァシルの胸板に仕掛けを施された胸がぶつかり、悶絶しそうになるほどの痛みが両の乳首に走って悲鳴を上げそうになった。

間一髪で唇を嚙み締めて耐えたものの、その場に蹲《うずくま》りたくなるほどの苦痛に頭の中が真っ白になる。目は潤み、唇はわななないて、もはや取り繕いようがなくなった。

ヴァシルがアイシスの顔を見て目を眇める。

「どうした。気分が悪いのか」

何が起きたのか、アイシスにこんな仕掛けをつけることを強いた本人が気づかないはずはない。それにもかかわらず、情の欠片も示さず淡々とした口調で問われ、アイシスはとても傷ついた。本気でヴァシルはアイシスの辛さや苦痛に頓着しないのだ。どうでもいいことなのだ。そう思うと我慢する気持ちが萎《な》える。

どのみち、もう立っていられないほど辛くなってきていたため、アイシスは意地を張るのをやめて遠慮がちに「……申し訳ありません」と答え、俯いた。

「この曲が終わるまでは辛抱しろ」

ヴァシルは取り澄ました表情に戻って冷ややかに言うと、円舞曲を最後まできっちりと踊り、皇帝夫妻のダンスを歓喜して見ていた観衆に礼儀正しく挨拶までして、ホールの中央からようやくアイシスを連れて出た。

「素晴らしかったわ。目の保養でしたわね、奥様」

「ええ、もう、絵画のように麗《うるわ》しいご夫妻のダンスに魅入ってしまいました」

「いやはや、仲睦《なかむつ》まじくていらっしゃる」

「あてられましたな」

通りすがりにそのような話し声が途切れることなく聞こえてきたが、アイシスは一刻も早く部屋で休みたくて、誰にも引き止められませんようにと祈る心地だった。

幸い、ヴァシルの醸し出す雰囲気が、我々の邪魔をするなという強い意思を露にしていたようで、誰にも話しかけられることなく皇帝専用の控えの間に下がることができた。

「堪え性のないやつめ」

二人きりになると、ヴァシルはアイシスの腕を振りほどき、背中を突き飛ばすようにしてソファに倒れ込ませた。

「胸か、辛いのは？」

言うなり、荒々しくドレスの胸元を引き下ろし、乳房を作っている仕掛けを確かめる。

現れたのは、息をするのも辛いほど胴を締め上げているコルセットと一繋《ひとつな》がりになった、お椀を二つ伏せたドームのような形の作りものの乳房だ。

乳房型のドームは鯨《くじら》の骨で網目状に編まれており、天辺《てっぺん》から内側にかけて高さを保つための金属の棒がついている。その棒の先は捻子《ねじ》を締めて固定する金具のついたクランプになっていて、それを乳首に噛ませられていた。

ドレスに着替えさせられたときから今まで、数時間もの間苛まれていた乳首は、繋がったドームに振動を加えられるだけで悲鳴を上げたくなるほど敏感になっており、たいがい我慢強いアイシスも猛烈な痛みに嗚咽《おえつ》を洩らして煩悶《はんもん》するほどだった。

「ずいぶん腫《は》れて大きくなっているな」

ヴァシルはすっと切れ長の目を細めて満足そうに言うと、編み目の隙間《すきま》から指を入れ、乳首を嚙むように取り付けられたクランプを無造作に外す。

労《いたわ》りのない荒々しい外され方に、アイシスは「ひいいっ」と腰を揺すって悶え、啜り泣いた。それを目《ま》の当たりにしてもなおヴァシルは委細かまわず、手加減することなしにもう一方の乳房も同じようにして外す。

アイシスはガクガクと小刻みに身を震わせ、痛みで脳髄を痺れさせながら、小さな唇の端から飲み込み損ねた唾液を滴らせた。

「クランプはなにも今宵が初めてではあるまいに。まぁ、乳房代わりの仕掛けのせいで乳首にかかる負荷の大きさは、単なるクランプの比ではなかっただろうが」

ヴァシルはこのところアイシスを嬲って泣かせることに愉しみを見出《みいだ》しているようで、次から次へと残酷な遊戯を思いつく。

「もう一度つけてやろう。胸をこちらに向けて差し出せ、アイシス」

「お許しくださいませ。どうか、もう、お願いです、陛下」

アイシスは額《ひたい》がソファの座面につくほど頭を下げ、兢々として懇願した。

これ以上は耐えられない。もう一度されたら、今度こそみっともなく失禁してしまう。被虐に晒され続けてきた一月の間に、アイシスは己の限界がわかるようになっていた。

「俺に逆らうのか」

「いいえ、お願いしているだけです」

「ふん。従順な振り。貞淑な外面《そとづら》。この二つはおまえが得意とするところだ」

ヴァシルは暴君の残忍さを剥き出しにし、アイシスの細い体をやすやすと引き立たせると、背中のファスナーを下ろしてドレスを脱ぎ落とさせ、コルセットとパニエも取り払う。

そして、下着姿になったアイシスを背中から羽交い締めにするように抱き竦め、惨く腫れた乳首を指で弄り回した。

「ひいっ、あ、あ……あぁっ……い、痛い、痛《いと》うございます」

「痛くてもおまえは感じているはずだ」

頭を振り、髪を乱して喘ぐアイシスの体をがっちりと捕らえたまま、ヴァシルは意地悪く決めつける。

その手が胸から徐々に下ろされ、下腹部を包み隠すレースの小さなパンティの中に忍び込んでくる。

「なんだ、これは。自分の言葉で説明してみるがいい」

女物の下着にどうにか収まっていた陰茎をヴァシルに素手で摑まれ、アイシスは真っ赤になってかぶりを振った。

すっかり敏感になってしまった乳首を苛まれ続けていたことで、苦痛に喘ぎながらも股間は昂り、先走りを零してレースの下着に派手に染《し》みを作っていた。それをヴァシルに確かめられ、嘲笑《ちょうしょう》される。恥ずかしさに消えてなくなりたかった。

「淫乱な妻には慰めと仕置きが必要だな」

ヴァシルはアイシスの耳朶を綺麗な歯で甘噛みし、禍々《まがまが》しく微笑する。

「今夜もまた男を二、三人呼んでやる。せいぜい乱れて満たされるといい」

ああ、とアイシスは悲嘆の溜息を洩らし、ヴァシルの腕の中で小鳥が震えるように全身をわななかせた。

男を呼んでアイシスを抱かせるとき、ヴァシルは必ず複数の相手を用意する。今までもずっとそうだった。一人の男にアイシスを抱かせることは決してしない。

そこにヴァシルの複雑な独占欲が垣間《かいま》見《み》える気がすることもあったが、無体な陵辱を続けられるうち、もはやアイシス自身そう感じたことを忘れ去ってしまっていた。

## Ⅱ

ヴァシルの陵辱は新婚の一月が過ぎても終わらなかった。

ときには宮廷に出入りする高級官僚たち、ときには風変わりな趣向を好む前衛芸術家たち、そしてまたときには厩番《うまやばん》や庭師といった労働者たち、といったふうに様々な階級や職種の男たちを呼び寄せ、独創性に満ちたやり方で、毎晩のようにアイシスを犯させる。そしてその一部始終をヴァシルは必ず見届けた。

画家や版画家たちとのときには、彼らは美術品の展示室にアイシスを連れてこさせ、まず素っ裸にしてポーズを取らせ、ヌード画のモデルを務めさせた。むろんただのヌード画ではなく猥褻《わいせつ》な秘画だ。用意した台の上に仰向けに寝そべらせ、股間がはっきり見えるように脚を開かせた挙げ句、陰茎を自らの手で扱いて白い肌に自身の飛沫《しぶき》を散らせ、三者三様の作品を描くところから始まった。その後、三人で代わる代わるアイシスを犯しながら、白い肌をキャンバスに見立てて絵筆を振るったり、版画家が使うローラーで背面にインクを塗りつけたりして、奔放《ほんぽう》に弄《もてあそ》ばれた。

厩番と庭師を相手にしたときはもっと大変だった。皇族所有の名馬が繋がれている馬小屋で、干し草の上に押し倒されて荒々しく二人に犯されたあと、王宮の敷地の東果てに広がる森と一続きになった奥庭で馬に乗せられた。松明《たいまつ》に照らし出された庭に全裸で引き出され、それをヴァシルは近くにある物見の塔から双眼鏡で眺めていた。夜更けとはいえ、万一ヴァシル以外の誰かに思いもよらぬ場所から覗き見されていたらと思うと、泣きたいほど嫌だった。裸で鞍《くら》に跨《また》がるのもあちこち擦《こす》れて辛く、自慢の庭を案内するといって轡《くつわ》を取った庭師にぐるぐる連れ回される間、何度も弱音を吐きそうになった。厩番がアイシスの後ろに乗ってからはもっと酷くて、彼の猛った陰茎を尻穴に挿入された状態で、森の途中の泉が湧くところまで並足で往復させられた。あまりの無体にアイシスは馬から降ろされると同時に気を失った。厩番は馬を走らせる際の振動と自らが腰を使った律動で、二度もアイシスの中に放っており、意識が戻るやいなや、それを狡《ずる》いと咎めた庭師にさらに後孔を蹂躙《じゅうりん》された。

高級官僚たちには道具を使った変態的な行為に苦しめられた。

兵士たちとのときは、行為そのものは特別変わったことはされなかったものの、屈強な肉体を持つタフな男たち四人が相手だったため、明け方まで何度も何度も後孔と口腔の双方を犯されて精も根も尽き果てた。

こんなふうに連日連夜激しい陵辱を受け、昼の間は気怠く熱っぽい体を持て余しつつ、何をするでもなく一人静かに過ごす日々を送る。

男たちに引き渡される前に、アイシスは必ず媚薬《びやく》入りの酒を飲まされた。初夜の晩、全身が熱くなって体に力が入らなくなったあの酒だ。飲み続けるうちに耐性ができてきたらしく、半月ほど経《た》つ頃には身動きできなくなるといったことはなくなった。体の緊張を解《ほぐ》し、欲情を増幅させ、男の精液を奥に掛けられたり、飲まされたりすることを脳が悦楽だと捉《とら》えて求めさせる効果は変わらず覿面《てきめん》だった。

荒淫に晒《さら》されっぱなしで、疲弊し、多少窶《やつ》れたにもかかわらず、アイシスの美貌はいっそう際立ち、凄《すご》みと色艶を増したと噂の的で、ヴァシルと一緒に外に出るたびに衆目の注視を浴びた。

ヴァシルはアイシスの高い評判にひどく満足しており、公式行事以外の私的な外出には他の妃たちを差し置いてアイシスばかりを伴うため、妃たちのやっかみは増す一方だ。ことのほかプライドが高く、そもそも立場が違って別格扱いされている皇妃は今のところまだ悠然と構えているが、他の十人の側室たちは、ことあるごとにアイシスに嫌味や皮肉を投げつけ、意地の悪い仕打ちをし、毛色の変わった珍獣かなにかのように言って嘲笑《あざわら》う。

嫁いできて二ヶ月経っても、アイシスには友人はおろか、打ち解けて話ができる相手一人できないままで、孤立感は深まるばかりだ。

淫虐《いんぎゃく》に身を委ねる日々が続く中、アイシスにとって唯一の慰めであり、幸せを感じられるのは、ヴァシルから一日一度、主に昼間、お茶か食事の誘いがあるときだ。

その日も、朝遅く起きて湯浴《ゆあ》みをし、侍女を呼んで服を着替えていると、

「陛下が奥庭のパーゴラでお茶と軽食をご一緒したいとのことです」

と侍従が伝えに来た。

ヴァシルはアイシスと一緒に寝ることはないが、朝か昼の食事やお茶には時間の許す限り顔を見せる。少なからずヴァシルに気にかけてもらっているようで、アイシスはそれがもう本当に、とても嬉しかった。

相変わらずヴァシルは顔を合わせるとそっけなく、冷ややかな物言いしかしないが、それでも全く無視されるよりずっとましだ。

男女兼用のゆったりとした長衣を着て、寒くなってきたので少し厚手のフード付きローブを羽織った姿で四阿《あずまや》に向かう途中、アイシスは中庭で初めて見る顔の男性と行き会った。壁状に刈《か》り込まれたイチイのヘッジの途切れた場所に差し掛かったとき、ちょうどそこから軍服を着た大柄な男がこちら側にやって来たのだ。

陸軍少佐の階級章を付けた、上背《うわぜい》のある逞《たくま》しい男だ。

「おっと、失礼」

勢いよく歩いてきた男は危うくアイシスとぶつかりそうになり、咄嗟《とっさ》にざっくばらんな口調で詫びてきた。

そう口走ってから、あらためてアイシスをしっかりと見て、にわかに驚嘆した面持《おもも》ちになった。岩のようにゴツゴツとした荒削りな印象の角張った顔に、惚《ほう》けたような表情が浮かぶ。

アイシスを一目見た途端、視線を釘付けにされたかのごとく、まじまじと凝視してきた。

「あの……、私こそ申し訳ありませんでした」

アイシスが困惑して声をかけると、男は我に返ったように頬肉をピクリと引き攣《つ》らせ、目を瞠るのをやめて瞬《まばた》きした。

「いや。お怪我《けが》がなくてなによりでした。わたしのような大男がぶつかっていたら、あなたのように細い方は吹っ飛ばされてしまいかねない」

アイシスは冗談を言われたのだと思って、微笑《ほほえ》みで応えた。

男の意志の強そうな茶色の瞳が何事か思い当たることがあったかのように眇められる。

「もしや、あなた様がアイシス様であらせられますか」

「はい。アイシス・グリュッテルスバッハと申します。先頃ヴァロス王国から皇帝ヴァシル四世陛下の許へ嫁《か》して参りました」

アイシスの言葉を聞くやいなや男は軍靴《ぐんか》を鳴らしてピシッと敬礼し、自らも名乗った。

「わたしはオレスト・エリティスと申します。帝国陸軍所属の軍人で階級は少佐になります。どうか、以降お見知りおきいただければ光栄です」

オレストは一言一言明瞭《めいりょう》な発音で力強く言うと、「こちらこそ、よろしくお願いいたします」とアイシスが差し出した手を握り、そのまま恭しく手の甲に口づけしてきた。

「あらためまして、お妃様、ご成婚おめでとうございます」

男同士なのでここは握手ですませるつもりだったアイシスは少し驚いたが、第十二妃としての立場ならこうするのが作法に適《かな》っているのかもしれなかったので、何も言わずに受け流した。まだまだ帝国の慣習にはわからないことのほうが多い。

「実はわたしはここ三ヶ月ほどの間、辺境の駐屯地《ちゅうとんち》を回って演習を視察、中央に報告する任を帯びて帝都を離れておりまして、昨日帰還したばかりです。わたしの父はエリティス大公でして、ヴァシル陛下とは幼馴染《おさななじ》みでいとこ同士の関係になります」

先代の弟君であるエリティス大公のことはアイシスももちろん知っている。大舞踏会の際に会って挨拶した。エリティス大公家はレティクリオンの貴族の中でも一、二を争う名家だ。オレストはその大公家の長男で、ヴァシルより一つ年上の二十八歳だという。言われてみれば、目元が大公そっくりだった。

「ヴァシル四世陛下、いや、ここはあえて従弟《いとこ》殿と呼ばせていただきますが、親愛なる従弟殿が十二番目のお妃に男性を迎えたことは国を離れていても聞き及んでおりましたが、噂のお相手がこれほどたおやかでお美しい方だとは、さすがに想像しませんでしたよ」

オレストはまんざらお世辞でもなさそうにつくづくと言う。そしてまた興味が尽きぬ様子で、アイシスをしげしげと見る。

遠慮のない、まったく悪びれない視線を向けられて、アイシスは困惑する。

オレストがヴァシルと昵懇《じっこん》で、無礼講を許された親密な関係であることは察せられたが、アイシス自身はオレストとどういう距離感で向き合えばいいのかわからなかった。馴《な》れ馴れしすぎてもいけないし、他人行儀すぎるのも失礼になる気がする。

オレストのまなざしは好奇心に満ちており、さらには幾《いく》ばくかの揶揄《やゆ》も含まれているようだった。意外さや信じがたさなどといった感情もちらちら垣間見える。

耳が早くて情報収集に長《た》け、推察力もありそうなので、アイシスに関する噂話や夜毎行われている秘戯についても一通り知っているのだろう。その上で実際にアイシスを見て受けた印象が想像していたのと少なからず違い、しっくりこないのかもしれない。

面映《おもは》ゆさに耐えかねて、アイシスが「それでは、私はこれで……」と断りを入れて先に行きかけたところ、オレストは気を取り直した様子でアイシスを引き止めた。

「陛下の許へ行かれるのなら、わたしもまさに今からお邪魔するところです。エスコートいたします」

自分もこれから帰還の挨拶に赴くところだと言う。

有無を言わせぬ強引さに抗えず、アイシスはオレストについていくことになった。先ほどの手の甲へのキスといい、オレストは相手を女性的に扱うことに慣れているようだ。恋愛においてもさぞかし積極的で精力旺盛な振る舞いをするのではないかと想像する。

中庭を抜け、衛兵が二名で警護する鉄柵門《てっさくもん》をくぐってさらに先へ進む。ここからは皇族と一部の許可された者以外立ち入れない皇帝のプライベートガーデンだ。

奥庭の薔薇園《ばらえん》の一角に設けられた広々とした四阿に用意されたテーブルでアイシスを待っていたヴァシルは、オレストがアイシスの手を取って歩いてきたのを見て、あからさまに眉を顰《ひそ》めた。

「オレスト。長らく顔を見なかったが、もう地方視察の任は終えたのか」

「おお、我が君。親愛なる皇帝陛下。愛《いと》しき従弟殿」

オレストは両腕を大きく広げ、椅子に座ったままのヴァシルを抱擁すると、

「一日も早く王宮に馳《は》せ参じ、陛下の美しいかんばせを拝見する栄に浴しとうございました」

と、いかにも大仰《おおぎょう》に芝居がかったセリフを並べる。

慣れているのかヴァシルはふんと鼻であしらい、ごく近しくて心を許した者にだけ見せるどこか皮肉っぽい笑みを口元に刷《は》く。

「辺境を視察して回っていたそうだが、今回はなにか個人的な収穫はあったか」

ヴァシルは自分とほぼ同じ年齢のオレストがいまだに独身を貫いていることを気にかけているようで、からかうように言う。

「貴公もそろそろ年貢を納めてはどうなのだ。大公殿も俺にばかり次から次へと側室をあてがわず、肝心な跡継ぎ殿の奥方捜しに熱を入れるべきであろう。折を見て貴公からも父君にそう申せ」

「いやいや。父は不肖の息子にさんざん手を焼かされてきましたので、もう打ち捨てておけ

と諦《あきら》めたようにございます。陛下もご承知のとおり、わたしにはすでに息子が一人おります。いざとなればその者にわたしめの跡を継がせればよい話。母親は身分の低い小間使いですが、幸いわたしに似ずたいそう利発で、七つにして分別のある優れた子供に育っておりますゆえ」

「それで貴公は蝶のようにあちこち飛び回っては美男美女のつまみ食いか。よい身分だな」

「つまみ食いだなどと」

オレストはわざとらしく目を瞠ってみせ、心外そうに薄く笑う。

「わたしは常に真剣です。一夜限りであってもその瞬間は本気ですし、全力で相手を愛し抜きます。恋多き男と噂されていることに関しましては、否定するつもりはありませんが。そうおっしゃる陛下こそ……」

そこでオレストは意味ありげにアイシスに視線を流す。

傍らで親友同士が交わすやりとりを静かに見守っていたアイシスは、いきなりオレストが話の一端で自分を引き合いに出そうとしていることにドキリとし、何を言うつもりなのかと胸をざわつかせた。

できることなら、自分のような者にかまわず、そっとしておいてほしかった。

ただでさえヴァシルは気まぐれで怒りやすく残酷だ。今し方まで機嫌よさげに微笑んでいたかと思いきや、突如として不愉快さを露にし、とりつく島もなくなったりする。何が気に障ったのかアイシスにはまったくわからないことが多く、おろおろするばかりだ。

今はまだ悠然としていて鷹揚《おうよう》に受け答えしているが、いつそれがガラリと変わるやも知れず、アイシスは気が気でない。

「俺が、なんだ」

案の定、ヴァシルの端麗な美貌が僅かに歪《ゆが》む。形のいい眉をつっと寄せただけだが、アイシスにはオレストの言動がヴァシルの癇《かん》に障ったのがわかり、心臓が縮む思いがした。

ヴァシルは不用意にアイシスの話を持ち出されると決まって虫の居所が悪くなる。ことに、アイシスに対する執着ぶりを「仲睦まじく」「ご寵愛で」などといった具合に表現されるのが嫌いなようだ。相手に悪気はまったくなく、心から微笑ましがっていることが明らかでも、許しがたい屈辱だと感じるらしい。

その場は黙ってやり過ごしても、二人になった途端、態度を豹変《ひょうへん》させて氷のように冷ややかになり、側室ごときにこの俺が本気になると思うのか、と怒りを噴出させて八つ当たりしてくることがしばしばあった。そういうときは、夜必ずアイシスを男たちに渡し、めちゃくちゃに嬲らせる。愛してなどいないと、自分自身にもアイシスにも証明しなければ気が収まらないようだ。

ヴァシルに愛されていないことはアイシスにはもう十分理解できている。

辛くないと言えば嘘になるが、この先その気持ちが変わるかもしれないと期待するのはもうやめた。せつなくなる一方だからだ。

どんなにひどい仕打ちを受けても、アイシスはヴァシルを嫌いになれない。

ヴァシルは母以外にアイシスに興味を持ってくれた希少な存在であり、今となっては唯一頼れる拠《よりどころ》だ。ヴァシルの関心を失えば、第十二妃の立場など砂より脆《もろ》く、いつ王宮から追い出されても不思議ない。生まれてこの方、宮廷でしか暮らしたことのないアイシスには、外の世界で生きる術《すべ》がわからない。たとえば身売りをすれば金銭を得られるのだということさえ知らなかった。

その上、アイシスの場合、事は我が身の不幸だけでは収まらない。アイシスの肩には帝国の庇護を得るという祖国の存亡を懸けた重責が載っている。絶対に失えないのはこちらのほうだった。

どうか私のことはもう捨て置いてください、と祈る心地でオレストを見つめたが、オレストはアイシスの憂いに気づかないどころか、関心を引けたと誤解して嬉しそうだった。

べつに鈍そうな人物だとは思えないのだが、どうやらオレストは噂に聞いていた第十二妃が想像以上に自分好みで、少なからず舞い上がっているらしく、どうにかしてもっと親しくなれないか、関心を向けさせられないかと、そんなことばかり考えていてほかに気を回せなくなっているようだ。

皇帝の側室に色気を出すなど常識で考えればあり得ない話だが、オレストが、ヴァシルのアイシスに対するひどい扱いについても把握しているのだとすれば、自分にも機会はあると考えるだろう。恋の鞘当《さや》てを愉しめるなら願ってもない、と期待しても無理はなかった。オレストはいかにもそうした遊びに長けているように見える。

アイシスとしては嘆願する気持ちでオレストを見ていたのが、むしろヴァシルにまで疑惑を抱かせることになっていたとは想像もしなかった。白皙の美貌と優雅な佇《たたず》まいで知られた皇帝とは逆に、オレストは勇猛果敢な軍人で雄々しさが魅力の男だ。ヴァシルはアイシスの態度を、オレストに惹《ひ》かれているゆえだと勘違いし、大変不愉快だったようだ。だが、アイシスはヴァシルがそんな気持ちを湧かせていたとはまるで気づかなかった。

ヴァシルに「俺が、なんだ」と牽制《けんせい》とも追及とも受け取れる言葉を差し挟まれて、オレストもこの場でよけいなことを言ってヴァシルの不興を買うのは得策でないと考え直したらしい。オレストは、ヴァシルの態度が頑《かたく》なになったことに気づき、空気を読んで引き下がることにしたようだ。その理由を、珍しく側室を寵愛していることを冷やかされるのが照れくさいからだろう、と勝手に解釈しているのがアイシスにも感じられたくらいだったので、当然ヴァシルにもわかったはずだ。ヴァシルとしてはさぞかし腹立たしかったに違いない。

「まぁ、ともかく、おかげさまでこうして無事帝都に戻って参りました」

オレストは朗《ほが》らかに微笑んで話を変える。

「もっとゆっくり辺境で見聞きした珍しい話を陛下にお聞かせしたいところなのですが、実はこれから陸軍本部に出向き、上官にいろいろ報告しなければならないことがありますので、本日はこれで失礼させていただきます」

「そうか」

それは残念だ、とはヴァシルは言わない。そもそも皇帝がお世辞や社交辞令の類《たぐ》いを口にするはずもないのだが、この場合特に意識的に避けたように思えて、アイシスの胸騒ぎはひどくなる一方だった。

「近いうちにまたあらためてお伺いしたいのですが」

「ああ、そうしてくれ」

ヴァシルはそっけないながらオレストの再訪を認めた。

結局オレストはテーブルに着くこともなく、お茶の一杯も飲まずに、慌ただしく引き揚げた。去り際に、アイシスにもう一度挨拶し、「またお目にかかれれば光栄です」とわざわざ耳元で囁《ささや》いていった。

オレストの大胆さにアイシスは眩暈《めまい》がしそうだった。いざとなったら皇帝をも恐れぬ情熱を持っているようで、巻き込まれたらどうなってしまうのかと兢々とする。オレストと向き合っている間、微動《びどう》だにしないで立っているのが精一杯だった。ヴァシルの目と耳が気になって、返事をするどころではなかった。

「ずいぶん少佐に気に入られたようだな」

オレストが四阿を去り、薔薇園から出て行ったのを見届けて、やおらヴァシルはアイシス

に声をかけてきた。

皮肉たっぷりの言葉つきで、アイシスは四阿の隅に立ったまま身を強張らせる。

「わざわざここまでエスコートさせるとは、おまえもなかなかの遣《や》り手だ」

「私は、そんな……」

「すっかり男を手玉にとって夢中にさせる術を覚えたようだ」

ヴァシルは仮面のように硬い表情のまま、不気味なくらい淡々と喋る。

こういうときのヴァシルが一番恐ろしい。アイシスは全身が小刻みに震えだすのを止められず、怖くてヴァシルの顔を見ることさえできなくなった。

「どうした。なぜそこに立ったままでいる。もう客人は帰ったのだから遠慮する必要はない。こちらに来て座れ。そして茶を飲め。おまえの好きな、爽やかなミントティーだ」

ヴァシルに促されておきながら否はない。

アイシスはおそるおそるテーブルに近づき、ヴァシルの真向かいに用意されている席に着いた。四阿の柱の陰に気配もなく控えていた侍従が素早い身のこなしでやって来て、アイシスのために椅子を引いてくれた。

すぐに新しい淹《い》れたてのお茶も用意され、ソーサーに伏せてあったカップに熱いミントティーがなみなみと注がれる。ヴァシルにも同じものが供された。

薔薇園に合わせて深紅のクロスが掛けられたテーブルには、三段重ねのプレートが出され、サンドイッチやスコーン、ケーキやチョコレートなどが二人ではとても食べきれないほど盛ってある。一つ一つ溜息が出るほど凝っていて、目にも美しい。なんの心配もせずにお茶と共にいただける状況だったなら、さぞかし愉しめたことだろう。

だが、アイシスは今、とてもそんな優雅になれる気分ではなかった。

「少佐はやめておけ」

そんなことは頭を過《よぎ》りもしなかった、とアイシスに否定する間も与えず、ヴァシルは酷薄なまなざしでアイシスを睨《ね》めつけて言う。

「確かに魅力的で、人生を有意義に送るために必要なものすべてを手にしている極上の男だが、彼の親切心には下心がつきものだ。俺は物心ついた頃からの付き合いだから、少佐の性愛遍歴はすべて把握している。二十歳《はたち》の時に小間使いに手をつけて子供ができ、それが男子だったのをいいことに、結婚もせずあちこちで奔放に性交だけを愉しんでいるようなやつだ」

アイシスは相槌《あいづち》も打たず、息を詰めて聞いていた。

「言うまでもないと思うが、おまえは自分の意思で体を使うことは許されない。その金糸の髪一本から足の爪一枚まで俺のものだ」

ヴァシルは次第に独占欲を剝き出しにし始めた。

自分では初夜以降抱こうとしないのに、アイシス自身には強く執着しているのが明らかで、しばしば圧倒される。全部俺のものだと言い放ちながら、なぜ他人にばかりさせるのか、どうしても理解できなかった。

アイシスはもう一度ヴァシルに抱かれたいと、ひそかに思っている。媚薬の入った酒で理性を麻痺《まひ》させられ、他の男に貫かれて乱れる様を冷たいまなざしで眺められるのはたまらない辱めだ。

「そろそろこの薔薇園も今年は見納めだな。春から秋にかけて、品種改良した何百種類もの薔薇を絶やさず咲かせているが、もう冬がそこまで来ている」

ヴァシルは小高く土を盛った場所に造られた四阿から、四方に広がる薔薇園を眺め渡す。

アイシスも俯けていた顔を上げ、遠慮がちに視線を巡らせた。

「今宵、またここでおまえと会おう。十時にこの四阿に来い」

「……はい」

アイシスは小さく返事をする。

――彼の親切心には下心がつきものだ。

先ほどヴァシルがオレストについて言った言葉が脳裡《のうり》を過る。

そう言うヴァシルの言葉には果たして欺瞞《ぎまん》はないのか……。

どちらにしても、アイシスに許されているのは、何があったとしてもヴァシルの意思に従うこと、それだけだった。

＊

約束どおりアイシスは夜の十時少し前に薔薇園に来た。

月が中空に皓々《こうこう》と懸かり、数十もの松明に照らし出された奥庭は手持ちの蠟燭が不要なくらい明るく、アイシスの不安げな表情が遠目にもよく見て取れる。

入浴し立てと思しき上気した肌に、繻子《しゅす》織りの淡い青紫色の長衣がよく映える。上に重ねた防寒用のローブは、ひだをたっぷりと取った裾を引きずるほど長いもので、ほっそりとした体をより儚《はかな》く見せる。侍女の手で両サイドを美しく編み込まれた金の髪を冷えた夜風がときどき揺らす。

アイシスは四阿に用意されたソファに腰掛けたヴァシルを認めると、ふわりと柔らかな蕾《つぼみ》が綻ぶように微笑んだ。

「今宵も十二妃は美しく愛らしいな」

ビロードの布張りのカウチに肘を預けて寛いだヴァシルは、傍らに控える侍従に淡々とした声音で言う。

即座に「御意」と畏まった返事がある。

実際ヴァシルは美貌の妻を見て心の底からそう思い、満足していたが、それを感情にして表すことはなかった。怒りは晒しても、喜びや悲しみは顔に出してはいけない、物心つく頃からそう教えられてきた。苛立《いらだ》ちや、胸が焼けるような落ち着かない気分もだ。

庭師たちが丹精込めて咲かせた薔薇が咲き誇る広大な庭園をアイシスが急ぎ足で歩いてくる。ヴァシルを待たせていることに恐縮し、少しでも早く傍に行かなくてはと思っているのが伝わってくる。健気《けなげ》で心の優しい人だ。どれだけ辛い目に遭わせても従順で我慢強く、ヴァシルを恐れこそすれ憎んだり嫌ったりする様子は窺《うかが》わせない。

誰に何度犯させても清廉な美貌は損なわれず、むしろ輝きを増す一方なのがヴァシルには興味深い。想像以上に芯が強く、己をしっかり持っていることに驚かされる。

初夜の儀式で初々しく乱れる姿を見て、嗜虐心《しぎゃくしん》を煽《あお》られた。いくら穢《けが》しても男の妃なら孕む心配がないため、他の妃たちにはできない無体もできて無聊《ぶりょう》を慰められるかと、ちょっとした気まぐれから始めた余興だった。

「遅くなりまして申し訳ありません」

円形の四阿の周りを囲む二段の低い石段のたもとで膝を折り、深々とお辞儀をするアイシスに、ヴァシルは「こちらへ参れ」と鷹揚に声をかけた。

侍従に視線を流し、酒の用意をさせる。

大の男も悠々と寝そべることができそうなカウチにアイシスを呼び、傍らに座らせる。

アイシスは畏まって端の方に遠慮がちに腰掛けた。間に一人座れるくらい身が離れていても、ヴァシルはべつになんとも思わなかった。アイシスの緊張が伝わってきて、まぁそれも無理はないと冷笑する。どうにか笑顔を保っているが、内心、今夜は何をされるのかと兢々としているのだろう。夜中に二人で会っても甘い雰囲気になどなったためしがないことを、アイシスはすでに十分すぎるほど思い知らされているはずだ。ヴァシルの機嫌を損ねれば祖国の命運にかかわるため、逃げも隠れもできず、何をされても受け入れて耐えるしかない身なのだから仕方がない。己の胸先三寸で酷くも優しくもできると承知で、ヴァシルは今夜も無慈悲にアイシスを陵辱させようとしている。

昼間、オレストを不用意に魅了した罰だ。

ヴァシルはチリッと胸の奥を焦がす疼痛《とうつう》を覚え、不快さに唇を噛む。

金の長い髪、菫色の澄んだ瞳、透き通るように白くなめらかな肌。人形のような容貌のアイシスは、オレストの目にさぞかし蠱惑的《こわくてき》に映ったに違いない。オレストは精力旺盛な恋多き男だ。勇猛果敢な軍人であると同時に、洗練された宮廷人としても知られ、手練手管《てれんてくだ》に長けている。親しげな態度や優しい言葉で初《うぶ》なアイシスの心を摑み、惚《ほ》れさせることなど朝飯前のはずだ。

二人は中庭で偶然会ったらしいが、薔薇園に来るまでの間に親しく話などしてきたのだろう。去り際、オレストがアイシスの耳元で意味ありげな囁きをしていたことを思い出すたび、苦々しさでいっぱいになる。

よくもこの俺の目前で、俺の気持ちを逆撫《さかな》でするようなまねをしてくれたものだ。たかが末席の妃の分際で皇帝を煩《わずら》わせるなど、許されることではない。

自身の胸を苛む疼《うず》きが、よもや嫉妬《しっと》などという、これまで抱いた経験のない感情だとは微《み》塵《じん》も考えず、ヴァシルは侍従が銀盆に載せて運んできた杯を受け取る。

ヴァシルが手にした杯の中身はただの酒だが、アイシスに渡されたのは媚薬入りの寝酒だ。飲むと全身が火照って欲情し、体からよけいな力が抜け、快感を受け入れやすくなる。意識も朦朧《もうろう》とするらしく、一度寝て目覚めると夢か現実か記憶が曖昧《あいまい》になることもあるようだ。ほぼ毎晩飲まされているものだから、飲めばどうなるかわかっていないはずはない。それでもアイシスは何も言わず杯に口をつける。

ヴァシルからアイシスに話しかけることもなく、よそよそしく身を離してカウチに座り、月と松明に照らされて咲き乱れる薔薇を黙って眺める。

やがてアイシスは、媚薬が効いてきたのか、熱っぽさを持て余したかのごとく、あえかな息をつき始めた。汗ばんだ首筋に手をやり、たまらなそうに鎖骨のあたりまで襟《えり》を開く。もう一方の手では厚地のローブを握り締め、体の芯を苛みだした淫らな疼きに耐えるようにせつない表情をする。

「アイシス。せっかくだから庭園を歩いてくるがいい」

ヴァシルは素知らぬ顔で促した。勧める形を取ってはいても、実際は行けという命令だ。

「……はい」

恭しく進み出た侍従に手を預け、アイシスは眉根を寄せたまま立ち上がる。

少し頼りない足取りで石段を下り、四阿を離れて一人で薔薇のアーチが連なる石畳の小道を歩いていく。

アーチを抜けた先には広場がある。

広場の真ん中には縦に長く噴水が設けられ、地面は手入れの行き届いた芝生《しばふ》が敷かれている。薔薇の壁や花壇、装飾的に立ち並ぶ円柱にも蔓薔薇《つるばら》が絡む。

火照った体を持て余してさぞかし辛いだろうに、アイシスは背筋を伸ばして綺麗な姿勢を保ったまま、ゆっくりと芝生の端の小道を歩く。その様子をヴァシルは四阿から悠然と見ていた。綺麗に咲いた薔薇を見て愉しむ余裕まではさすがになさそうだったが、よく耐えて頽《くずお》れずにいると感心する。

「あれはやはり男だな。我に逆らいはしないが、媚《こ》びもせぬ。感情を抑えてただ静かに我の傍にいる。張り合いがあって面白い。そういうところは……悪くない」

ヴァシルはうっかり「愛おしい」と言いかけたのを寸前でとめ、それよりずっとそっけない言葉に代えた。なんとなく、愛おしいなどと侍従の前で口にするのは負けを認めるようで皇帝としての矜持《きょうじ》が許さなかった。

侍従に酒を注ぎ足させ、砂糖菓子を一つ摘んだところで、それまで静寂に包まれていた薔薇園の様相が一変した。

壁の向こうや柱の陰から姿を現した三人の屈強な男たちがアイシスの行く手を塞ぎ、噴水脇の芝生まで無理やり引きずっていって押し倒す。

「嫌っ、嫌……っ！　やめてください、お願い、やめて……！」

懸命に抗うアイシスの声が高みの見物を決め込んでいるヴァシルの耳にも届く。

三人はいずれも名のある格闘家だ。先月行われた秋の御前競技会で見事な成績を収めた者たちで、皇帝自ら「褒美を取らす」と今宵招いた。

アイシスは抵抗らしい抵抗もできずに、あっという間に組み敷かれ、ローブを剝ぎ取られて長衣の裾を捲《めく》り上げられる。しなやかな白い脚が太股の中程まで見え、目の毒なくらい猥りがわしく淫靡《いんび》だ。

遠慮は無用とあらかじめ言っておいたが、そんな必要もなかったくらい、三人は妖精のように美しい十二妃を間近にした途端理性をなくすほど昂奮し、欲情したようだ。

あらかじめ犯す順番を決めていたらしく、一人がアイシスの両腕を押さえつけ、ズボンを腰まで下ろした男が両脚を抱えて大きく開かせる。残りの一人はアイシスの顔を跨ぎ、股間の一物を唇に押しつける。

脚の間に腰を入れた男がアイシスの中に己を突き入れ、荒々しく抽挿し始める。

アイシスの放つ悲鳴は、口にも別の男の猛った陰茎を含まされることで、苦しげな呻《うめ》きに変わった。

男たちは容赦なく細い体を揺さぶり、突き上げ、喉を突き、着衣を乱す。

最初に挑んだ男はさして時間もかけずにアイシスの中に放つと、腕を押さえていた男とすぐに交代した。

二番目の男も、膝裏に手をかけてアイシスの体を開かせると、濡れそぼった後孔を棍棒《こんぼう》のように太い陰茎で貫く。

アイシスの体が男の下でのたうつように悶えた。

口を塞いでいた男が離れ、白い顔に飛沫をかける。

三人は代わる代わるアイシスを着衣のままで陵辱した。長衣を脱がせこそはしなかったが、裾は腰まで捲れ、胸元のボタンは開かれ、見るからに劣情をそそる姿にされている。

アイシス自身も陰茎を弄られ、体のあちこちを舐《な》め回されて、繰り返し何度も達かされた。一度達してもすぐまた追い上げられて立て続けに達かされ、アイシスは次第に悲鳴も上げられなくなるほど衰弱し、激しく身を震わせるばかりになる。

男たちが三巡したところで、アイシスはついに気を失った。

それでもヴァシルはまだ許さず、アイシスを寝室に運ばせた。

そこで今度は全裸にして両手両足を天蓋《てんがい》の支柱にそれぞれ繋いで拘束し、意識が戻ったアイシスをさらに男たちに明け方まで嬲らせた。

冬間近の戸外で夜風に晒されつつ犯された上に、長時間にわたって無茶をされ、翌日アイシスは全身の怠さと発熱でベッドを離れられなかった。

侍従から報告を受けたヴァシルは、「柔《やわ》だな」とその場は冷たくあしらったが、後で侍女頭を呼んで、見舞いの花をアイシスの部屋に届けるよう言いつけた。

相当無理をさせたときでも、周囲を心配させまいとして起きてきていたアイシスが寝込むとは、よほどのことだ。さすがにヴァシルも気になった。

「陛下のお心遣いにアイシス様はたいそう感謝なさっておられ、お心を慰められたご様子でした」

伯爵《はくしゃく》家出身の侍女頭は、しきたりや伝統を重んじる厳格な女性だが、情も深い。淡々とした物言いをしながらも、アイシスの体調や様子をヴァシルが知りたがっていることを察し、できるだけ正確に伝えようとしてくれていた。

「できましたら、一度お顔を見せて差し上げられましたなら、さらにお喜びかと存じます」

アイシスはヴァシルに会いたがっていると侍女頭は控えめに言う。

それは単なる社交辞令だろう。アイシスはヴァシルに本音を言える立場ではない。嫌われ、恨まれこそすれ、会いたがられる謂《い》われはないはずだ。そのくらいヴァシルも承知していた。

ヴァシルは政務で忙しい振りをして、一週間もの間アイシスの許を訪れず、放置した。

王宮内に誰一人として心を許せる者のないアイシスが、腑甲斐《ふがい》なくも寝込んでしまったせいでヴァシルに愛想を尽かされ、飽きられたのではと考え、せつなさや心許なさを募らせているなどとは想像もしなかった。

それよりヴァシルは自分の気持ちを整理し、落ち着かせることで手一杯だった。

このところやたらとアイシスのことばかり考えてしまい、なぜこんなにもアイシスが気になるのか、思いを馳せるたびに胸が締めつけられるように苦しくなるのかわからず、心穏やかでいられない日々が続いていた。

少しの間アイシスと距離を置いて冷静になりたかったのだが、顔を見なければ見ないで妙に苛立ってしまい、アイシスのことを考えまいとすればするほど頭を離れなくて、これはいったいどうしたわけなのかと、おおいに戸惑っていた。

＊

「ところで、陛下。噂に聞く『夜の宴』をわたしめにも一度見物させていただけませんか」

アイシスにかまわなくなって一週間した頃、王宮を私的に訪れてヴァシルと居間でお茶を飲んでいたオレストが、意味深な笑いを浮かべて言い出した。

耳聡《みみざと》いオレストのことだから、ヴァシルがアイシスを他の男に好きにさせているという話を聞き及んでいても不思議はなかったが、さすがにここまで無遠慮にねだられるとは思っておらず、不意を衝かれた心地だった。

「どこでそのような噂を耳に入れるのやら」

ヴァシルは冷然とした面持ちを保ったまま、背筋を伸ばして姿勢よく安楽椅子に腰掛けているオレストを軽く睨《にら》む。

かっちりとした軍服に身を包んだオレストは、好色さの滲み出た悪びれないまなざしを向けてくる。皇帝の従兄《いとこ》であり、また幼馴染みでもある男だからこそ許される不遜《ふそん》さだ。ヴァシルも他の者とオレストを同等には扱えない。それこそ三歳か四歳頃から成長を共にしてきた関係だ。気心の知れた友人で、なにかにつけてしのぎを削ってきたライバル。二人の間に秘密はあってなきようなものだ。本気で隠さなくてはならないことなど、およそない。

「帝都を遠く離れた辺境の町村でも、この二ヶ月は十二妃様のお噂で持ちきりでしたよ。陛下自らお見初めになって、訪問先の国から連れてお帰りになったと」

「気まぐれだ、ただの」

「ええ、存じておりますとも」

オレストはさも心得ているかのごとく頷く。

あえて気のない振りをしてみせたヴァシルは、なにもかも承知していると言わんばかりのオレストのしたり顔を忌々しく感じつつ、虚勢を張った。

「見るだけならばいくらでも」

本当はオレストにだけはアイシスの乱れる姿を見せたくないと咄嗟に思ったが、なぜそう思うのかはヴァシル自身はっきりと認識していなかった。「だめだ」と突っぱねることも当然できたが、断ると変に勘繰《かんぐ》られる気がした。アイシスに特別な感情を抱いているから出し惜しみするのだと思われるのは絶対にいやだった。ヴァシルのプライドが許さない。

「もちろん見るだけで。陛下の傍らに控えさせていただければ光栄です」

こういうときのオレストは一際殊勝な態度を見せる。畏まった物言いをしながら、目には、ヴァシルの気質を知り抜いた上で望みどおりの返事を引き出せた満足感が浮かんでいる。

まんまと乗せられたようで悔しかったが、いったん許可した以上は前言を翻《ひるがえ》せない。不本意ながら、真夜中に急遽《きゅうきょ》秘密の宴を開くことになった。

そろそろまたアイシスを余興に引き出そうと思っていた矢先だったのでちょうどいい。ヴァシルはそんなふうに己を納得させた。

一週間ぶりに顔を合わせたアイシスは、ヴァシルの胸をドキリと高鳴らせるほど美しく、愛らしかった。体調はすっかりよくなっているようで、それまで毎晩のように行われていた荒淫で窶《やつ》れ、一種凄絶《せいぜつ》な色香を滴らせていたのがなくなり、代わりに初めて目を留めたときと同じ初々しく清廉な美貌を取り戻している。

先にヴァシルの居間でアイシスをオレストと会わせ、三人で王宮の奥まった場所に位置する遊戯室に向かった。

来客はすでに全員揃《そろ》っていた。皆、顔の上半分を白いマスクで覆い、誰が誰かわからなくしている。男ばかり四人で、いずれも社会的地位のある有力者たちだ。商社の経営に携わっている者もいれば、広大な土地を有する領主もいる。一人はオレストと同じく貴族出身の軍人だが、知っているのは招待主のヴァシルだけだ。そのヴァシルとオレストも、遊戯室を出る際にマスクをつけ、正体を隠している。素顔を見せたままなのはアイシスだけだ。アイシスを除く六人全員が燕尾服《えんびふく》を着用しており、パーティーの間は無礼講となっている。

室内にはビリヤード台やカードゲーム用のテーブル、ルーレット、グランドピアノといった遊具が揃い、あちらこちらにソファやカウチ、安楽椅子が置かれている。様々な酒のボトルが揃ったバーカウンターもある。奥の壁には六人掛けのソファを配したアルコーブ席が設けられ、重厚な薔薇色の緞帳《どんちょう》を閉じれば個室のようにすることもできた。

「粗相のないよう、丁重におもてなししろ」

ヴァシルはアイシスを四人の傍に行かせると、自身はオレストと共にアルコーブ席に落ち着いた。

緞帳は左右に開かれたままだ。ソファに座ると室内が見渡せる。

付き添いの侍従が酒とオードブルを恭しく運んできた。

アイシスはさっそく四人の仮面紳士たちに取り囲まれ、三人掛けの長椅子の真ん中に座らされた。右側には下腹の出た肥満体の男、左側には中肉中背の口髭を蓄えた男が陣取り、アイシスに馴れ馴れしく身を寄せている。一人が肩を抱き寄せたかと思うと、もう一人は手を摑み取って滑《なめ》らかな肌の感触を堪能《たんのう》するように撫で回す。長椅子に座れなかった二人のうち一人は傍らの安楽椅子に足を組んで座り、もう一人は長椅子の背後に立って後ろからアイシスの長く綺麗な髪を弄び、匂いを嗅《か》ぐ。芳《かぐわ》しい香りに鼻孔をひくつかせ、満足そうにするのが見て取れた。

侍従が四人のところにも酒の入った杯を銀盆に載せて持っていく。

アイシスの手にも侍従から杯が渡された。一つだけ中身の違う、媚薬入りの寝酒だ。

男たちはアイシスが遊戯室に入ってきた瞬間から、すでに美しすぎる男の妃に心を奪われた様子だった。ほうっといっせいに洩らした感嘆の溜息、仮面をつけていても脂下《やにさ》がった口元や眇めた目、惚けたように緩んだ口元などから想像に難《かた》くなかった。

酒が入ると皆いっそう無遠慮にアイシスの体に触りだす。安楽椅子に座ってしばらく様子見していた男もラグに直接膝を突き、スリットの入った長衣を捲ってアイシスの脚を露にし、たまらなそうに脹《ふく》ら脛《はぎ》や太股を撫で擦《さす》り始めた。

一週間ぶりに飲んだ媚薬が功を奏したのか、少しするとアイシスは体に力が入らなくなったかのごとく動きが緩慢になり、熱っぽそうな息をつき始めた。

「何か飲ませましたか？」

すぐにオレストも気づく。

ヴァシルは「ああ」と頷いた。

「これでも俺は妃の体を多少なりと気遣ってはいるのだ。なにしろ、一晩にあれだけの男たちを相手にして、彼らを満足させなければならぬのだからな」

「陛下ご自身はいつもこうして高みのご見物ですか」

オレストはもったいないと感じていることを隠さず、理解できなそうに首を捻《ひね》る。

「わたしも今までさんざん浮き名を流して参りましたが、男であれほど楚々《そそ》として美しい御方にはお目にかかったことがありません。おまけにたいそう艶《なま》めかしい。わたしが陛下なら、毎晩抱いて可愛がらずにはいられないでしょう。なのに陛下は、ご自身ではお妃様に指一本触れようとせず、飢えた狼の群れに放り投げておしまいになるとは」

「オレスト。俺は貴公と違い、あれ以外にも妻が大勢いる。あれを連れ帰ったのは、この国の者には珍しい金の髪と菫色の瞳が気に入ったからだ。貴公の言うとおり、あれは並外れて綺麗だ。皇妃や他の妃たちもそれぞれに魅力ある女性たちだが、あれの美貌と臈長けた雰囲気は特別だ。国民は若く美しい妃を歓迎する。俺と寄り添っているのを見て喜び、自分のことのように誇らしく幸せな気分になる。俺には皇帝として民を満足させる義務がある。アイシスはそのために娶《めと》った。そもそも男を抱く趣味はない」

「では、もしや、アイシス様とは初夜の儀のみのご関係ですか」

「むろんだ」

ヴァシルはそっけなく返事をし、心底興味のない振りをする。

「あのように素晴らしくそそるお妃様を得られたのに、ご自身では愛されず、他の男たちに好き勝手することをお許しになるとは、わたしにはなかなかまねできない贅沢《ぜいたく》ですね」

長椅子ではすでに淫らな遊戯が始まっていた。

着衣を乱され、あられもない姿になったアイシスの白い体に、黒い燕尾服を着た仮面紳士たちが群がっている。

肘掛けに凭れた男が背後からアイシスを羽交い締めにし、可愛らしく尖った乳首を摘んで弄り回す。太股の中程まで衣服を捲り上げられた脚の間にも男が一人身を置き、脚を閉じられなくした上で、股間に手を入れ、しきりに動かしている。ラグに座った男は相変わらず脚に執着していて、爪先《つまさき》まで手入れの行き届いた指の一本一本を舐め、足裏や脹ら脛を撫ったり撫でたりしている。背もたれの後ろに立った男は、ビクビクと身を打ち震わせて悶え、喘ぐアイシスに酒を口移しで飲ませ、汗ばんだ額や首筋、髪などに手や指を這《は》わせる。

股間を弄られるたびにアイシスはたまらなそうに腰を動かし、啜り泣く。

描いたような眉を寄せ、紫色の瞳を潤ませて喘ぐ様は、男の欲情を激しく刺激する。

身動ぎするたびに服はますますはだけ、かろうじて隠れていた股間も露になる。

アイシスはヴァシルの命令で普段は下着をつけることを許されていない。媚薬を飲まされて火照り、敏感になった体を、男たちに寄って集《たか》って弄られ、淡い恥毛に覆われたペニスはすでに形を変えていた。先端の隘路からは蜜が零れていて、男たちは卑猥な言葉でアイシスを揶揄する。アイシスは羞恥でますます頬を赤らめ、濡れた長い睫毛を震わせる。

「これはたまらないな」

熱を孕んだまなざしでアイシスをじっと見つめていたオレストが、昂奮《こうふん》を抑えきれなくなったようにボソリと呟く。

酒豪のはずの男が、手にした杯を口元に運ぶのすら忘れて見入る姿に、ヴァシルはジリジリと胸を焦がし、機嫌を悪くしていった。だが、それを表に出すことは決してせず、淡々とした態度を貫いて上辺《うわべ》を取り繕う。

何をされても逆らえないアイシスは、体中をまさぐられ、恥ずかしい格好をさせられ、口と後孔を同時に使って四人を代わる代わる受け入れる。

窮屈な長椅子を下りてふかふかのラグが敷かれた床に場所を変え、全裸にしたアイシスを前から後ろから、下半身だけ寛げた男たちが犯す。

床の次はカードゲーム用のテーブルに腹這いにさせ、さらに次はダーツ盤を掲げた壁に立ったまま押さえつけ、その後、筋肉質の逞しい男がぐったりとしたアイシスを軽々と抱き上げてビリヤード台に仰向けに寝かせた。

膝裏に両手をかけて脚を大きく開かされたアイシスの内股を誰のものかもわからない白濁が伝い落ちる。アイシス自身もすでに何度か達していて、過度の悦楽を受け続けている体はすでに限界寸前だ。わななく唇の端から透明な唾液が糸を引き、ビリヤード台にくたりと投げ出された腕は、指一本動かすこともできなくなっている。

それでも男たちはかまわず、さんざん散らされまくって濡れそぼった秘部に凶器のような男根を突き立て、荒々しく腰を打ちつける。

じっと見ていたオレストが、ごくりと唾を飲む。

股間はすっかり猛ってしまっており、このままでは収まりがつかなくなっていた。

「陛下は本当に平気なのですか。何もお感じにならないのでしょうか。お妃様があんなふうに他の男に抱かれるのをご覧になっても」

どうしても理解できない、とオレストの目は言いたげだ。

ヴァシルは先ほどからずっと感じている苛立ちや不快感を押し殺し、「べつに」としらばくれた。

「それなら、わたしにもお許しくださいますか」

ついにオレストが言い出した。

予想の範疇《はんちゅう》だったにもかかわらず、ヴァシルは思っていた以上に動揺し、面白くない気分を味わわされた。もっと平気でいられるはずだったのだが、実際にアイシスを抱かせてくれとねだられると激しく心が騒ぎ、不愉快だった。

しかし、ヴァシルは頑なに虚勢を張り続け、本心とは裏腹に「むろんだ」と頷いた。

ちょうどアイシスの後孔を犯していた男が離れたところだったので、侍従に目配せしてアイシスをアルコーブ席に連れてこさせる。

気付けの酒を飲まされ、透けた女物のドレッシングガウンを羽織らされたアイシスが、侍従に手を取られて来てヴァシルの足元に跪《ひざまず》く。跪いたというよりも、頽れたというほうがいい頼りなさだった。

「少佐がおまえをお望みだ。慰めて差し上げろ」

ヴァシルは暴君そのものの横柄さで、アイシスの桜色の唇に、靴の先を突きつける。口で奉仕しろ、という意を込めたのがオレストにも通じたようで、傍らで残念そうな吐息を洩らす。

アイシスは忠誠を誓うように靴を履いたヴァシルの爪先にそっと口づけすると、オレストの足元に身を移す。

「夢のようです。あなた様にこのようなことをしていただけるなど」

オレストはアイシスに口淫してもらっている間中、愛しくてたまらなそうに髪や顔に指を走らせ、優しく慈しむように触れ続けた。

先日庭園でばったり会ったときから焦がれていたかのごとく、熱の籠もったまなざしでアイシスを見つめる。瞬きをする間も惜しいとばかりのひたむきさで、恋多き遊び慣れした男が、まるで初恋を知って溺《おぼ》れてしまった若造のようだった。

杯を傾けながら二人の様子を横目で見ていたヴァシルは、この男にだけはアイシスを抱かせたくないと、痛いくらいに胸を焦がして憤懣《ふんまん》に耐えていた。

それにもかかわらず、気持ちよさげにアイシスの口に放って果てたオレストが、息を弾ませながら、

「俺には結局、最後までは許してくれないのか」

と揶揄混じりに言ってきたときには、またもや意地を張ってしまった。

「明日の晩、出直すがいい」

足元に蹲ったままだったアイシスがはっとした様子で顔を上げる。

オレストの精を受けて濡れた唇を押さえていた手を下ろし、それまでにさんざん泣かされたせいで充血した瞳で哀願するようにヴァシルを仰ぐ。

それだけは許してください、と珍しく拒絶しているのがわかる。あまのじゃくなヴァシルは、アイシスの嫌がることをかえって強要したくなった。

「明日は美しく着飾って少佐をおもてなししろ。くれぐれも私に恥を搔かせるな」

ヴァシルは何か言いたげに唇を薄く開いたアイシスに、逆らうことを許さない居丈高《いたけだか》な口調で命じた。

おまえは俺のものだ。誰にどんな形で差し出そうと、俺の勝手だ。そんなねじ曲がった独占欲と支配欲が湧いてきて、アイシスにきつく思い知らさなければ気がすまなくなった。

オレストがアイシスに本気になりかけているようなのがわかり、癇に障ってどうしようも

なく苛つく。平静でいられない。よくもこの俺の心を乱れさせ、不快な気分を味わわせてくれたなと、怒りの矛先をアイシスに向けてせめてもの意趣返しをしていた。

「言うまでもないと思うが、皇帝であるこの私を満足させられなければ、即刻おまえを国に帰し、父親が治めているあの小さな国を我が手に収める」

ヴァシルの横暴な言葉にアイシスは目を瞠って華奢な体を小刻みに震わせだす。

「陛下」

見かねた様子でオレストが口を挟みかけたが、ヴァシルはそれ以上は言わせなかった。すっと腕を水平に滑らせてオレストを黙らせる。

「今宵はもうお開きだ」

ヴァシルの一声で、侍従たちが四人の仮面紳士に退出を促した。

仮面紳士たちが速やかに遊戯室を出たあと、

「おまえも部屋に戻れ」

とアイシスに冷たく声をかける。

アイシスは床に手をついてお辞儀し、腰を上げようとしたが、足が萎えたようになっていて力が入らず、一人では立つこともままならない。

「大丈夫ですか」

傍らでオレストがすっくと立ち上がり、アイシスに手を貸そうとする。

「従兄殿」

ヴァシルは咎めるようにオレストに声をかけ、それを妨げた。

「貴公は今しばらく付き合え。俺の部屋で飲み直そう。辺境の話が聞きたい」

「もちろん、喜んで」

オレストは口ではそう答えつつも、ヴァシルの合図を受けてすぐにやってきた侍従がアイシスを支えて連れていくのを、未練がましく見ていた。

そんなにアイシスが気になるか、とからかってやってもよかったが、そうした軽口を叩く心境ではなかった。

オレストは間違いなくアイシスに懸想《けそう》している。

幼い頃から親友でありライバルだった男が、アイシスを真剣に欲している。

今はまだアイシスも戸惑い、ヴァシルの手前を慮ってオレストに必要以上にかかわることを恐れているが、オレストほどの立派な男に本気で口説《くど》かれたなら、いずれ好きになるかもしれない。その可能性は決して低くないとヴァシルは思った。

他の誰にもアイシスを渡さない自信があるが、オレストだけは侮れない。

本音はオレストにだけはアイシスを抱かせたくない。

しかし、もう約束してしまった。今さら取り消すことはできない。いったん交わした約束を一方的に反故《ほご》にするなど、皇帝たる身の沽券《こけん》が廃《すた》る。

一度だけだ、とヴァシルは苦い気分を押しのけるように自分自身に言い聞かせた。

いつものとおり最初から最後まで見届ける。オレストと二人きりにはさせない。

あれは俺の妃だ。

アイシスを自由に扱っていいのは、俺だけだ。

そのことをアイシス自身とオレストに身をもってわからせてやる、と胸中で強く思った。

＊

「支度はできたか」

ちょうど着替えがすんだところにヴァシルが迎えにきた。

アイシスはノックと共に大股で部屋に入ってきたヴァシルに向き直り、ドレスの裾を持ち上げて丁重に挨拶した。

百本からの美しい宝石付きのピンを使って結い上げられた髪が頭皮を引っ張るのも辛かったが、それよりもっとひどくアイシスを苛んでいるのは、乳首に取り付けられたクランプだった。胸の膨らみを作るために、女装するときは必ず、侍女の手で容赦なく両の乳首に施される。鯨髭《くじらひげ》を用いて作られたドーム型は、重さはそれほどないものの、その棒の先に付けられたクランプが乳首を惨く嚙んでいるため、僅かでも身を動かすと脳髄を痺れさせるほどの痛みが生まれる。

これまでにも何度か女装させられ、そのたびにこの装置による責め苦を味わわされてはいたが、お披露目の舞踏会以降しばらくは女装していなかったので、久々の被虐にアイシスは早くも挫《くじ》けかけていた。

クランプを付ける前に、侍女がアイシスの乳首を手順に従うように揉みしだき、充血させて硬くした。その勃起して敏感になった乳首を冷たい器具で押し潰《つぶ》すように挟まれ、アイシスは悲鳴を堪えきれなかった。

「おはしたない。辛抱なさいませ」

傍らに控えて、支度が滞りなく進むのを監督していた年嵩の侍女が、ツンと取り澄ました態度でアイシスを無情に叱《しか》った。

この年嵩の侍女は異国から嫁いできたアイシスになにかと冷ややかだ。言葉遣いの端々に慇懃《いんぎん》無礼さが感じられ、皇帝が気まぐれで連れてきた田舎者、と蔑んでいるのがそこはかとなく伝わってくる。

「美しく装ったな」

ヴァシルは目を細めて満足そうにアイシスを見ると、侍女たちに向かって顎をしゃくり、下がらせた。

二人きりになったところで、ヴァシルはアイシスの細く締め上げられた胴を片腕で引き寄せ、腰骨がぶつかるほど下半身をぴったり合わせた。胸を押されると辛いので、アイシスは上体を反らし、両腕は垂らしたままで、人形のように身を硬くする。

「これなら少佐も驚喜するだろう。せいぜいやつを夢中にさせてやれ。そして今宵も俺を愉しませろ」

「仰《おお》せのとおりにいたします」

万一ヴァシルの機嫌を損ねれば、祖国にどんな災いがあるかしれない。レティクリオン帝国に攻め入られたら、ヴァロス王国など半日ともたずに掌握されるだろう。すべてはアイシスの心がけ一つにかかっている。ヴァシルははっきりそう言った。どんな仕打ちをされようと抗うわけにはいかなかった。

「睫毛が震えているぞ。そんなに俺が怖いか」

「い、いいえ。……少し緊張しているだけです」

「なら、楽になれるよう、まじないをしてやろう。目を閉じろ」

アイシスは言われたとおりにする。

何をされるのかとますます怯えてしまったが、気づかれまいと、懸命に平静を装う。

チュッと柔らかく温かい感触が瞼《まぶた》に触れてきた。

えっ、と小さく息を呑んだ次の瞬間、今度は舌先で睫毛をそよがせるように舐められた。

ヴァシルがこんなふうに触れてくるとは思いがけず、アイシスは戸惑いと意外さでいっぱいだった。

両目に優しくキスされたあと、ヴァシルが顔を遠ざけた気配を感じて、遠慮がちに目を開ける。ヴァシルは普段と変わらぬ仏頂面《ぶっちょうづら》で、優しくアイシスに触れたことなどなかったかのように冷たいまなざしでアイシスを見下ろしている。さっきのキスはなんだったのか、確かめようものなら、たちまち機嫌を悪くして突きのけられそうで、アイシスは何も言えず、問うこともできなかった。

黙って俯いたアイシスの項《うなじ》に軽く指を走らせ、ヴァシルは「来い」と促した。

アイシスはヴァシルが肘を曲げて差し出してきた腕に自らの腕を絡ませた。端《はた》から見ればさぞかし仲のいい夫妻に見えるだろう。部屋の外に控えていた侍従を先に立たせて廊下を進む際、ヴァシルはアイシスに歩調を合わせ、優雅にエスコートしてくれた。

胴を、肋骨《ろっこつ》が軋むほどきつくコルセットで締め上げられているせいで、息をするのも苦しい。一歩歩くたびに乳首は千切《ちぎ》れそうに痛み、胸を張った姿勢を保つのが難しい。

それにもかかわらずアイシスは、乳首を嬲られることに苦痛だけではなく官能まで刺激されており、レースの小さなパンティが窮屈に感じられてくるくらいペニスが硬くなりつつあった。己の淫らさが信じられず、アイシスは認めたくなくて困惑していた。周囲には絶対に気づかれたくないと緊張する。

皇帝が個人的に客をもてなすときに使われる、小さめの晩餐会場では、すでにオレストがテーブルに着いていた。

オレストは二人が入っていくと、軍人らしくサッと機敏に起立して、胸に手を当て、深々とお辞儀する。

「今宵は晩餐の席にお招きいただき恐悦至極に存じます」

「まぁ、そう畏まるな」

ヴァシルはアイシスの腕を取り、侍従が引いた椅子にアイシスを腰掛けさせてから、自らも上座についた。

二人が着席したのを見届けて、オレストも座り直す。

女装したアイシスにオレストの目は釘付けだった。感嘆と欲情に満ちた熱っぽい視線を痛いほどに感じる。

「噂にはお聞きしておりましたが、お美しい。どこからどう見ても女性としか思えません。これはまさに至宝ですね、陛下」

「気に入ってくれたのならよかった。貴公は俺の大切な友だ。アイシスも精一杯もてなすだろう」

わかっているだろうな、とヴァシルは脅すようなまなざしでアイシスを流し見る。

感情を表に出さない取り澄ました声音と表情に、アイシスは怯えた。二人は幼馴染みの親友同士であると共に、なにかとしのぎを削って優劣を競い合ってきた仲に違いなく、ヴァシルの言葉をどこまで本気にすればいいのかわからない。オレストとあまり親しくなりすぎるのもヴァシルの気に障りそうだし、逆に打ち解けなければそれはそれで、「もてなし一つ満足にできないのか」「役立たずめ」などと憤慨しそうだ。加減がわからず悩ましい。

限界まで引き絞られた体が苦しく、胸は火で炙《あぶ》られるような痛みに嬲られ続けていて、食事などとても喉を通らない。

それでも、その場の雰囲気を損なわぬように、どの皿にも少しずつ形ばかり手を付けて、ヴァシルの機嫌を始終気にしながら、オレストに話しかけられたら微笑み、必要最低限の受け答えをして、晩餐を愉しんでいる振りをした。胸の内では、早くこの時間が終わってくれないかとひたすら祈る心地だった。

オレストはもっとアイシスにかまいたそうにしていたが、ヴァシルに対する配慮は常に頭にあるようで、会話は概《おおむ》ねアイシスを除く二人の間で交わされた。話を振られない限りアイシスは聞き役に徹しており、ときどきオレストと目が合うと、相槌を打つ代わりに微笑で応えた。

幼少時からの付き合いで互いを知り尽くした二人の会話は興味深かった。

「それでは、今でも時々厩舎に出入りして愛馬の世話を焼いておられるのですか。陛下の動物好きはいっそう高じられているようですね」

「馬は特別だ。今度機会があれば森の中で早駆けしよう。昔よくしたように、どちらが先に湖まで着けるか競おうではないか」

「願ってもないお誘いです。わたしは軍人ですから、当然日々鍛錬を欠かさず、馬にもしょっちゅう跨がっておりますよ。昔はいざ知らず、今のわたしを負かすのは陛下といえどやすやすとはいかないと思いますが」

「ほう。一緒に軍務に就いていたときには、乗馬の腕は断然俺のほうが優れていたはずだが。たかが三年か四年のうちに俺を凌《しの》いだと言うのか」

「軍籍を退かれてからは、趣味程度の乗馬しかなさっておられないのでは？」

皇帝を相手取ってもオレストは無遠慮な物言いをする。

ヴァシルにはそれが小気味いいようで、ムッとした顔をしながらも本気で怒りはしない。

本当に気の置けない関係なのだということが、傍で見ていても感じられる。

最初のうちは、そんなふうにずけずけ言っていいのかと、少佐の大胆さにヒヤヒヤしながら二人の会話に耳を傾けていたアイシスも、だんだんこの状況に慣れてきて、不必要に胸を騒がせなくなった。

それより、ヴァシルに短期間ながら軍歴があることや、小さい頃から人より動物のほうが好きだったことなどを知り、新たな一面を垣間見た気がした。何に対してもあまり執着しない人なのかと思っていたが、好きなものや趣味はあるようだ。アイシスにも理解できる感情をヴァシルが持ち合わせているとわかり、ほんの少しだけヴァシルに近づけた気がする。

晴れた日、ヴァシルはよく馬に乗って敷地内にある森を駆けているとの話に、アイシス自身も乗馬は好きだったので、風を切って走る爽快な気分を思い出し、いつか叶《かな》うならまた乗ってみたくなった。妃となったアイシスには許されはしないだろうが、密かに願いを抱くらいはいいだろう。

ゆっくりと時間をかけての晩餐は三時間にも及び、途中、アイシスは何度か気が遠のきかけた。乳首がジンジン痺れて淫らに疼く。すでに痛みを通り越して、そこまで行っていた。こんなに長時間付けさせられていると、外すとき味わわされる激痛が恐ろしい。少しでも乱暴にされたら、きっと耐えられずに泣き叫んでしまう。考えただけで身震いが起きる。前にもそんな目に遭わされたことがあり、悪夢のような記憶だった。

しかし、それ以上に恥ずかしいのは、いきり勃った状態でレースの下着を押し上げ、卑猥な染みを広げている湿った股間の有様だ。

女性のように感じやすくなった乳首を苛まれることで官能を刺激され、欲情した体が熱く火照っている。ドレスの下で慎ましやかに閉じ合わせた内股はしっとりと汗ばみ、浅く切れ込んだ双丘の谷間にも湿った感触があった。

もしも今、ドレスを腰までたくし上げられ、どうなっているか確かめるから脚を開けと命じられたなら、羞恥のあまり死んでしまいたくなる。

ヴァシルならばやりかねない。整いすぎて冷たく感じられるほどの美貌を向けてきて、自分では指一本動かさずに従わせるのだ。それでヴァシルが昂揚し、アイシスに関心を持つのであればまだしも、ヴァシルはアイシスがどれだけ乱れてしどけない姿を見せようと眉一つ動かさない。平静そのものだ。むろん股間を勃たせるようなこともないのだろう。

「そろそろ場所と趣向を変えよう」

ヴァシルの一言で晩餐が切り上げられる。

すでに待ちかねていたらしいオレストの顔に喜色が浮かぶ。

席を立つときもヴァシルはアイシスの手を取り、エスコートしてくれた。そつのない優雅な動きにオレストが揶揄と羨望の混じったまなざしを向けてくる。

「あまり食が進んでおられなかったようだが、フルーツかプティフールのようなものを後でお部屋で摘まれてはいかがです？」

オレストはヴァシルとの話に興じる一方でアイシスのことも常に見ていたらしく、心配して気を利かす。

「……あ、いえ。私は」

アイシスはヴァシルに腰を軽く抱かれた状態で辿々《たどたど》しく答えた。

「いつもあんなに残されるのですか？　それとも、どこかお加減が悪くていらっしゃるのでしょうか」

「いいえ、今夜だけです。私、こんなふうにどなたかと晩餐をご一緒することがあまりないものですから、とても緊張していて……」

「少佐。アイシスは貴公のその堂々とした体軀と、羨ましいほどの健啖家《けんたんか》ぶりに見惚れていたのだろう。長い夜になりそうだから、摘みは部屋に用意させる。むろん、とっておきの美酒もな」

ヴァシルが横からそっけなく口を挟み、話を切り上げさせる。アイシスには嫌味を言われたように受け取れて、心臓が縮む思いがした。

ここに来てヴァシルの機嫌はにわかに悪くなったようだ。ヴァシルは気難しい。そして非常に気まぐれだ。急に優しくなったかと思えば、なんの理由もなしに突如冷淡になる。酷薄な仕打ちをした後には、さりげなく気遣ってくれることもあるが、だからといって、ずっと優しい態度を期待すると失意の底に叩き落とされる。一定しない態度にアイシスは振り回され、困惑させられてばかりだ。

ヴァシルにしてみれば結婚そのものが気の迷いで、北方特有の金の髪や菫色の瞳が珍しくてアイシスを連れ帰っただけで、愛情などはひとかけらも持ち合わせていないのだろう。

それは承知していても、アイシスはヴァシルを頼り、情けをかけてもらう以外、身の処し方がわからない。祖国を人質にされていてはなおさらだ。

愛されなくても、愛することはできる。

頼りにするしかない相手を憎んだり恨んだりすれば、ますます自分が生きづらくなる。それならいっそ、いいところだけを見て好きになる努力をしたほうがよほどいい。

幸い、アイシスはヴァシルを嫌いだと思ったことはなかった。洗練された理知的な容貌と、均整の取れたすらりとした立ち姿。気高く、畏敬の念を掻き立てる強烈な存在感はまさに大国の若き皇帝陛下にふさわしく、憧憬《しょうけい》を覚える。冷ややかな美貌に似つかわしい薄情さと高慢さ、そして並々ならぬプライドの高さを持っており、しばしば戸惑わされるが、生まれながらに未来の皇帝陛下として周囲に傅《かしず》かれてきた御方なのだから、自分が慣れるしかない。

同じように一国の王の子として生まれはしても、母親が王妃付きの侍女だったため、全部で九人いる兄弟姉妹の中で一人爪弾《つまはじ》きにされ、虐げられてきたアイシスとは雲泥の差だ。面倒を嫌った父王は、いずれアイシスを僧院に入れるつもりでいた。国元でも誰からも必要とされていない、厄介者扱いだったのだ。

そんなアイシスを、たまたま王宮に立ち寄った帝国の皇帝が見初め、和平協定をより強固にするための証《あかし》として差し出せと要求した。実際には妻とは名ばかりの人身御供ではあったが、どんな理由であれ、自分の存在に気づき、欲してくれる人がいたというだけで、アイシスには僥倖だと思えた。ヴァシルを嫌えないのは、その感謝の気持ちがあるからだ。今まで誰からも顧みられなかった自分を、ヴァシルは初めて認めてくれた。名前を聞いてくれた。それだけで十分愛する理由がある。

晩餐のテーブルを離れ、ヴァシルに腰を抱かれて連れていかれた先は、貴賓用の部屋だった。中でもとりわけ広く豪奢な造りの三間続きで、通常は各国の元首を王宮に泊めるときに使用される特別な部屋だ。居間、書斎、寝室と一繋がりになっており、寝室の奥に広々とした浴室がさらに設けられている。

オレストと三人で部屋に入り、侍従の手で外から両開きの扉が閉められると、ヴァシルはアイシスの傍を離れ、居間のソファに深々と腰掛けた。

「ここからはアイシスは貴公に預けよう。せいぜい好きにするがいい」

「光栄です」

オレストはヴァシルに向かって腰を折ってお辞儀をすると、俯いて身を硬くしているアイシスに向き直った。

こうなることは覚悟していたとはいえ、アイシスは見知らぬ男たちに弄ばれるときよりよほど緊張し、落ち着きをなくしていた。

「震えていらっしゃるのですか？　大丈夫、わたしはあなたを可愛がって差し上げたいだけです。ひどいことはいたしません」

華やかに結い上げた髪にそっと指を触れさせ、手の甲に恭しく口づけしてくる。

アイシスはピクッと指を引き攣らせ、横目でそっとヴァシルを窺った。こんなふうに優しくされると、かえってヴァシルは不愉快になるのではないかと慮った。

だが、ヴァシルはクッションに埋もれるように背中を預けてそっぽを向いており、こちらを見てはいなかった。普段であれば男たちに嬲られるアイシスを眺めて愉しむことがヴァシルにとっての余興のはずだが、今夜は相手が旧知の仲のオレストとあって、ヴァシルもいつもと心境が異なるようだ。

オレストはアイシスの背中を軽く押して浴室に連れ込んだ。

ヴァシルはソファを立つ気配を見せず、アイシスはオレストと二人きりになる。

陶製の大きな浴槽にはたっぷりと湯が張られており、湯の中に紅色《べにいろ》の花びらが数枚アクセントのように浮かべてあった。その花びらとは関係なく芳しい香りがするのは、香油が入っているからだろう。

「脱がせてもよろしいですか」

オレストは慣れた手つきでドレスを剝《は》ぎ取ると、パニエを外し、コルセットとガーターベルトで留めた絹のストッキング、そして下着だけを身に着けたアイシスを逞しい胸板に抱き寄せた。

「このようなものを付けておいでだったのですね。これは酷い。さぞかしおつらかったでしょう」

「あ、あ……、痛い」

「すぐに外して差し上げます。我慢して」

痛みに顔を顰《しか》めるアイシスを宥《なだ》めつつ、オレストはがっちりとした骨太の指を器用に乳房型の枠の隙間に差し入れて、金属製の棒を留めたクランプの捻子を回し、ゆっくりと外してくれた。

「ひいっ……う……っ」

それでもアイシスは燃えるような痛みに悲鳴を嚙み殺せず、ぽろぽろと涙の粒を頰に滑り落としてしまった。

「ああ、こんなに腫れている。お気の毒に」

真っ赤に充血して一回り大きく膨らんだ乳首は、とてつもなく卑猥でいやらしかった。コルセットも外され、ようやく十分に息ができるようになった解放感も手伝って、呼吸に合わせて胸板が上下するたびに乳首も動き、嫌でもそこに目が行く。

「でも素敵だ。とても可愛い」

オレストは茶色の瞳を生き生きと輝かせると、欲求を抑えきれなくなったようにほぼ裸になったアイシスを抱き竦め、肩や背中を手のひらで撫で回し、結ったままの髪に鼻を埋《うず》めて深く息を吸い込んだ。

「素晴らしくいい匂いがする。あなたが俺と同じ男だなんてとうてい信じられない」

白く滑らかな肌、艶のある美しい髪、力を入れすぎると折れてしまいそうな細い体、オレストは感嘆の溜息を洩らし、一つ一つ手で、指で、確かめていく。

結ってあった髪は崩され、百本もの宝石付きの飾りピンがバラバラと大理石張りの床に落ちる。オレストはそうしたことには無頓着だった。

「ここだけは、俺と一緒なんですね」

レースの小さな布地から先端をはみ出させた陰茎に触れられて、アイシスは穴があったら入りたくなるほどの羞恥に顔を上げることもできず、耳まで熱く火照らせた。

「いつからこんなふうだったんです？　清楚で上品なお妃様のドレスの中身がこれとは、さすがに俺も想像していませんでしたよ。なんていやらしい。ほら、あなたの穿《は》かされている綺麗なパンティ、前がぐちょぐちょですよ」

「や、めて……。どうか、おっしゃらないでください、少佐」

アイシスは居たたまれず、顔を伏せたままオレストの腕から逃れようと身を捩《よじ》った。

しかし、相手は格闘技が趣味だという現役の軍人だ。体格もアイシスとは雲泥の差で、力で敵《かな》うはずもない。

「恥ずかしいならこれも取ってしまいましょう」

あっ、と声を上げたときには軽々と横抱きにされていて、毛足の長いラグを敷いた一角に据えられたソファに運ばれる。

そこに座らされて、先走りで濡れた下着を脱がされる。腰のガーターベルトも外され、両脚からストッキングを丸め取られた。これで一糸纏《いっしまと》わぬ姿になる。腰まである長い髪がかろうじて体を隠している。

「お綺麗ですよ、とても」

「ああっ、あ、いやっ」

充血して硬く凝《しこ》った乳首を指で弄られ、脳髄を貫く痛みに身を竦ませる。

「触るとまだ痛いですか。じゃあ、今は舐めるだけにしておきます」

「ひう……っ、んん、ん」

たっぷりと唾液をまぶした舌で両の乳首を交互に舐め回し、やんわりと吸われる。

「ん、んっ……あぁ、んっ」

「可愛い。その声、もっと聞かせてください。艶っぽいのに初々しくて昂奮する」

「あっ、だめ。そこは……っ！」

乳首を口と舌で甘く嬲りつつ、オレストはアイシスがぴったりと閉じ合わせていた太股を、力が抜けた隙を突いて割り開かせ、股間の昂りを握り込んできた。

「ああんっ、だめ！」

「何がだめなんです？　あなたのここ、今にも弾けそうに硬くなっていますよ」

「だめ、擦らないでっ」

オレストに揶揄されたとおり、僅かの刺激で簡単に達ってしまいそうなくらいアイシスの性器は猛っていた。濡れそぼった亀頭の先端を指の腹で撫で回されるだけで腰が抜けそうになるほどの悦楽を味わわされ、狼狽える。

「イッていいんですよ。遠慮しないで。ここには俺とあなたしかいない。いつもは陛下に一部始終を見られながらイキまくっているのでしょう?」

「……くっ」

確かにそのとおりだ。ヴァシルの前ではさんざん痴態《ちたい》や嬌態《きょうたい》を晒しまくっている。そのたびに、見ないでと恥ずかしさでいっぱいになって、消えてなくなりたいとさえ思うのだが、いざヴァシルの目の届かないところで同じような辱めを受けてみると、不安や心許なさのほうが強くて、見られていないと達ってはいけないような禁忌感に苛まれる。

「ほら、あなたのここ、こんなにグチュグチュと猥りがわしい音をさせて悦《よろこ》んでいる」

「ンンッ、ンッ!」

嫌、とアイシスは激しく首を振り、身を捩って悶えた。

「強情を張られるんですね、意外と」

オレストはすっと目を眇め、真っ赤に腫れた胸の尖りを甘噛みする。

「あぁあっ!」

ビリッと淫らな痺れが全身に広がって、アイシスは顎を仰け反らせて嬌声を上げた。

「皆があなたを虐めて泣かせたくなる気持ちが、俺にもだんだん理解されてきましたよ」

今度は反対の乳首に歯を立てられた。

「い、嫌っ……あぁ、う……!」

同時に逐情を促すように陰茎を扱かれる。

「くうう……っ、あっ」

アイシスはビクンビクンとはしたなく腰を打ち振り、下腹部に力を入れて、達くまいと必死に抗った。

そのとき、開け放たれたままだった浴室の入口からヴァシルが現れた。手には脚付きの杯を一つ持っている。

ミドル丈のジャケットを脱ぎ、クラヴァットの付いたシャツにベストという寛いだ姿で、ソファで淫らな行為に興じるオレストと、乱れるアイシスを無感動な目で見据えてくる。

ヴァシルと目を合わせた途端、アイシスは羞恥を覚えるのと同時に、慕っている相手に痴態を見せる屈折した歓《よろこ》びを湧かせ、あられもない声を上げて白濁を放っていた。飛沫が染み一つなかった白い下腹をべっとりと汚す。

「あ、あっ、ああ……う」

我慢していたものをいっきに迸《ほとばし》らせる形になり、悦楽のあまり体中が痙攣《けいれん》する。荒げた息をつく唇も小さく震え、閉じられずに唾液が口角から零れ、顎を伝う。

「おやおや」

そういうことですか、とオレストはヴァシルに向かって目礼すると、幾分悔しそうに苦笑した。アイシスはまだ昂奮が治まらず、鼓動を速めたまま喘ぎ続けている。

オレストはアイシスの頭を抱き寄せ、髪に指を差し入れて頭皮を撫でた。汗ばんだ額や濡れた顎にも慈しむように指を辿らせながら、ヴァシルに言う。

「お妃様は陛下に見ていただいていないと、安心して情事に没頭することがおできにならないようですよ」

「これを飲ませれば、よけいなことを考えず素直に享楽に耽《ふけ》る」

ヴァシルは優雅な足取りで近づいてくると、黙ってアイシスに杯を差し出した。

鼻先に突きつけられた杯の中身はいつもの寝酒だ。飲むと体が火照って疼きだし、性欲が高まる。頭は朦朧としてまともに思考することができなくなり、動きも鈍くなって自由が利かなくなる。閨《ねや》で交歓の際に用いられる媚薬の一種で、これを飲めば硬い蕾も蕩けて綻び、太い肉棒を奥まで挿入されると処女でも随喜の涙を流して悦ぶという、妖《あや》しい酒だ。

アイシスは観念して受け取り、甘い香りのする酒を飲み干した。

この酒は習慣化するといくらか耐性ができてきて、自分の意思では指一本持ち上げられないほど体が怠くなることはなくなるものの、性感を高める効能は変わらない。性交を強いられるたびに飲まされ続けているアイシスも、初夜こそ寝台に見えない鎖で雁字搦《がんじがら》めに拘束されたかのような状態になったが、今では緩慢ながら身動ぎすることはでき、かえって淫らに腰を揺すって悶え、男たちを愉しませるようになっていた。

秘薬入りの酒を飲むと、たいして時間を経ずにアイシスは全身熱っぽくなってきて、体の

芯が疼いて堪《たま》らなくなってきた。後孔もヒクヒクと猥りがわしくひくつき、狭い器官を擦って奥まで熱く脈打つ太いもので貫いて欲しくなる。肉欲にまみれた際に得る快感を思い出すだけで鳥肌が立って、身震いするほど官能を刺激され、飢えを覚える。今し方オレストの手で一度搾《しぼ》り取られたにもかかわらず、アイシスの股間は再び兆《きざ》し始め、節操のないことになりつつあった。

陶然としてきたアイシスをオレストがまたもや抱え上げ、今度は浴槽の中にゆっくりと下ろして湯に浸からせる。

ヴァシルはソファの傍に置かれた安楽椅子に腰掛け、長い足を組む。目はこちらに向けているが、いかにも退屈そうな顔をしていた。

皇帝が見ている前でオレストは躊躇うことなく正装用の軍服を脱ぎ捨てると、男三人入っても十分なほど大きな浴槽に身を沈めてきた。

湯の中で後ろから抱き寄せられ、筋肉質の硬く隆起した胸板に背中を密着させる形になる。

「あなたは本当に人形のようにお綺麗だ」

オレストは今まで関係させられてきた他の男たちとは違い、アイシスを惜しみなく褒めそやし、愛情を籠めて全身に触れてくる。

ツンと尖った乳首を指で柔々と揉みしだきつつ、もう一方の手を尻の間に伸ばし、ぴったりと襞を閉ざした窄まりをまさぐり、少しずつ解していく。

丁寧な愛撫は心地よくアイシスをうっとりさせたが、こんなふうにはされたことがなかったので戸惑いもあった。

「ああっ、そこ……っ、だめ！」

秘部をこじ開けて進んできた指で浅いところにある凝りを突かれ、アイシスは甘やかな声を上げて身動ぎ、湯を揺らす。

「可愛い。もっとその声をお聞かせください」

オレストはアイシスの項や肩に唇を這わせ、耳朶を甘噛みして囁く。

「ああ、あっ！」

浅いところを責めていた指をググッと奥に捻《ねじ》り込まれ、狭い筒を押し広げられる辛さと湿った内壁を擦られる快感に腰が揺れる。

付け根まで穿たれた中指を抜き差しされるたびに「あっ」「あっ」と嬌声が口を衝く。

嫌、しないで、と哀願しながらも、アイシスの前はそそり勃ち、後孔は貪欲にオレストの指を喰い締める。

一本だった指が二本に増やされてずぶっと一息に挿れ戻されたとき、アイシスは顎を仰け反らせ、後頭部をオレストの肩に預けて喜悦に満ちた声を放った。

「あなたの中、いやらしくうねっていますよ」

「やめて。嫌……っ」

言葉で嬲られるのもアイシスは弱い。貶められて屈辱を感じながらも昂ってしまい、己の恥知らずぶりに泣きたくなる。自分はこんなにも淫乱で無節操な人間だったのかと思い知らされる心地だ。

二本揃えたオレストの指がアイシスの狭い器官を出入りする。

湯が中に入ってきそうで怖かった。

だがそれも初めだけで、感じる箇所を見つけ出されて押し上げられたり叩かれたりして喘がされるうちに、よけいなことは考えられなくなってきた。

目を閉じてオレストの裸の胸に身を預け、せつなく悶えていると、不意に湯が揺れた。

ハッとして瞼を開けたアイシスの前に、裸で浴槽に入ってきたヴァシルの姿があった。

初めての展開にアイシスは目を瞠って驚き、思わず身を捩ってオレストの腕から逃れようとする。

離れた場所で杯を傾けつつ冷めたまなざしを向けられることには慣れているが、ヴァシル自身が陵辱に加わるとは思いもしなかった。初夜の際にすら服を脱がなかったヴァシルの裸を見るのも初めてで、アイシスはこの状況をどう捉えればいいのかわからず戸惑った。

オレストは苦笑いしてヴァシルを揶揄する。

「やはり俺一人に今一番お気に入りの愛しい奥方を抱かせるのは矜持が許しませんか」

残念だという気持ちと、こうなるのではないかと予測していたような諦念が言葉の端々に表れている。

「べつにそういうわけではない」

ヴァシルは心外そうに眉を顰める。

「今宵久々に俺もこの者に情けをくれてやる気になった。それだけの話だ」

他意はない、とヴァシルは一蹴したが、オレストはその言葉を頭から信じはしなかったようだ。ヴァシルの本音はそれとはべつにあると思ったのか、「それはなによりです」と言う語調に複雑な心境が表れていた。

ヴァシルに冷遇されるのはいつものことだが、だからといって傷つかないわけではない。アイシスはヴァシルの言い方に、わかってはいるけれどやはりそうなのか、とやるせない気持ちになった。

湯を張ったままの浴槽の中で、縁に腰掛けた男に両腕を回して抱きつき、背後の男に尻を差し出すという恥ずかしい格好で挑まれる。

いくら無礼講だと暗黙の了解がなされていても、皇帝陛下を差し置いて妃を先に抱くのは、さすがのオレストも気が引けたようだ。

最初はヴァシルがアイシスの後ろを取り、オレストの巧みな指戯で十分に解された秘部に硬く屹立《きつりつ》した陰茎を突き入れてきた。

「あああっ！」

初夜以来の繋がりに、アイシスは感じ入った声を出し、喉を震わせて歓喜に噎《むせ》んだ。

待ち焦がれていたものをようやく与えられた嬉しさと充足感が、アイシスの身も心も悦ばせ、満たす。アイシスの体はヴァシルの雄芯を覚えていたかのごとく、嬉々《きき》として迎え入れ、締めつける。

「くっ」とヴァシルが微かに声を洩らした。続けて、快感の滲む艶っぽい息をつく。悪くはなさそうだった。もう少し緩めろとも言わない。

奥深くまで太いもので埋め尽くすと、亀頭だけを残して引きずり出し、再びズンと勢いよく根元まで押し込んでくる。

「ひっ……あ、あっ」

しなやかだが頑健な腰を容赦なく何度も打ちつけられて、アイシスは泣きながら乱れ、あられもない悲鳴を放った。

「アイシス様。私にもお情けを」

アイシスの髪を撫で、充血したままの乳首に優しく触れていたオレストが、張り合うように己の屹立を手で支え持ち、口淫するよう促してくる。

ヴァシルに後ろを抉《えぐ》られながら、アイシスはオレストの昂りを口に含み、舐めたり吸ったりして尽くした。オレストのものを口で慰めるのは昨晩に続けて二度目だ。体格に見合った長大さの男根はアイシスの口に余り、唇の端が切れそうだった。口淫は不得手なので、ぎこちない舌使いがさぞかし焦《じ》れったかったと思うのだが、オレストは親友と一緒に親友の妻を犯すという背徳的な行為そのものに昂っていたようで、アイシスのつたない行為にも感じて射精まで至った。

　ヴァシルがアイシスの中に熱い迸りを放って陰茎を抜いたのと前後するタイミングで、オレストも口の中でドクンと雄芯を脈打たせ、夥しい量の白濁を浴びせる。

「次は俺が奥方にしてもいいんだろう、ヴァシル？」

　達したばかりで昂奮が覚めやらぬのか、オレストは皇帝に傅く陸軍少佐の立場を返上し、従兄であり旧知の仲の親友としてヴァシルと接するように態度を変えた。

「ああ。そういう約束だからな」

　ヴァシルもざっくばらんに返事をする。

「ふうん。きみらしくない持って回った言い方だな。さては……」

　オレストは何事か察した様子でニヤニヤしていたが、

「やるなら黙ってやれ」

　と、ヴァシルにピシャリと遮られ、それ以上言葉にしなかった。

　ヴァシルのものも、典雅で気品に溢れた佇まいから想像する以上に立派だが、オレストのそれは並外れて大きく、アイシスの細腰が受け入れるには相当な無理を強いられそうだった。

　怖くて身を強張らせたアイシスに、前に座ったヴァシルが股間を擡《もた》げて「銜《くわ》えろ」と短く命じる。

アイシスは潤んだ目でヴァシルを仰ぎ見た。

手を伸ばしてきて、わななく唇を指で軽く摘むようにして触れてくる。

アイシスは驚いて息を詰めた。

ヴァシルのまなざしは相変わらず冷ややかだったが、唇を弄る指には情が感じられ、こんなことは初めてだと胸をざわめかせた。

「さっきオレストにしたように、俺の精も飲め」

言いながら、手入れの行き届いた綺麗な指先で喉をつーっと辿られる。

アイシスは操り人形になった心地でこくりと頷くと、ヴァシルの雄芯に顔を近づけた。

背後でオレストが競うように双丘を両手で左右に押し開く。

引っ張られて隙間のできた襞の奥から、先ほどヴァシルに注ぎ込まれたものが滴り落ちてくる。内股を伝う淫靡な感覚にアイシスは眉根を寄せた。

「ずいぶん出したようだな。他のお妃たちが知ったら、さぞかし羨むことだろう」

「先ほどからお喋りが過ぎるぞ、オレスト」

ヴァシルは口淫を続けるアイシスを見下ろしたまま機嫌の悪い声で言う。

「ああ、すまない。俺としたことが、つい」

オレストはヴァシルを恐れぬ飄然《ひょうぜん》とした調子で詫びると、柔らかく解れた襞を硬い切っ先でずぶっと割り裂き、棍棒のように太く硬い陰茎をアイシスの中に埋めてきた。

「ううう……！」

したたかに内壁を擦られて、アイシスはヴァシルのものを口に銜えたまま呻き、目から涙を溢れさせた。

「オレストのものがそんなにいいか。許せない淫乱さだな、アイシス」

ヴァシルは態度を一変させ、今し方感じた情は錯覚だったのかと思わざるを得ないほど冷淡にアイシスを詰《なじ》る。

アイシスは微かに首を横に振り、ヴァシルの猛った陰茎を一生懸命舐めしゃぶった。

後孔を穿つオレストの剛直にじっくりと奥を責められ、ヴァシルのもので喉を突かれてえずく。二人がかりで犯されながら、アイシス自身もしっかり感じて股間を硬くしていた。

気づいたオレストが腰を前後に動かしながら、アイシスの性器を握って扱きだす。

「ンン……ッ、う、う、うっ」

ヴァシルもアイシスの両の乳首を摘み上げ、捏《こ》ね回す。

喉を塞がれているため、アイシスはくぐもった呻き声を何度も洩らし、妖しく身をくねらせて悶えた。膝がガクガクと震えだし、オレストに支えてもらっていなければ湯の中に倒れ込みそうだった。

先にヴァシルが二度目の精をアイシスの口の中に噴出させ、それを見届けたあと、オレストが最奥に射精した。

出して硬度を失ってもまだ嵩のある陰茎を、オレストは名残《なごり》惜しげにズルッと抜いた。

解放されると同時にアイシスは湯の中に頽れ、そのまま意識を薄れさせた。

＊

ヴァシルは気を失ったアイシスをオレストが宝物を扱うような丁寧さと慎重さで洗い清めるのを複雑な想いで見守った。

やはりオレストにアイシスを一対一で抱かせたくないという強い嫉妬心《しっとしん》が湧き起こり、なりふりかまわず二人の間に割って入ったものの、想像以上にオレストの本気を目《ま》の当たりにして、ヴァシルは平静を装った仮面の下で動揺していた。

抱けばアイシスはヴァシルにも応える。

これだけひどい仕打ちを重ねてきたのだから、一夜限りの男たちに体を許すことには耐えられても、憎んでも憎みきれないであろう非情な暴君であるヴァシルのことは体が拒絶するかと思いきや、そんなことはなかった。むしろ、抱かれることを待ち焦がれていたのかと邪推したくなるほど、嬉々《きき》として受け入れ、感じてくれていた気がする。

結局男なら誰でもいいのだろう、この好き者め、とアイシスを胸の内で口汚く罵《ののし》りつつも、まだ自分に幾《いく》ばくかの情を持ってくれているらしいアイシスがけなげで愛《いと》しく感じられ、かえって戸惑う。

今後、自分はアイシスとどう接すればいいのか、真剣に悩んでいた。

このままでいいのか、本当に後悔しないのか自問自答すると、答えに迷うのだ。少なくとも、不特定の男たちに生贄《いけにえ》のように投げ与えるようなまねを続けていれば、いつか後悔する予感はしていた。

ならば、今夜限りでアイシスを嗜虐《しぎゃく》するのはやめて、ほかの十一人の妃《きさき》たち同様に無関心でいることを選べるかというと、それも難しそうなのだ。

なぜかアイシスは特別で、これまで誰にも抱《いだ》いたことのない強い執着を感じる。

皇妃も含め他の妃たちには自らの手で触れる気になったこともないというのに、今夜アイシスを前にしたとき、ヴァシルは思わず情動に駆られて唇や胸に指を伸ばしていた。覚束《おぼつか》なげに震える愛らしい唇を宥《なだ》めたいと思った。赤く色づいて膨らんでいる乳首を摘《つま》んで、もっと感じさせてみたくなった。悦楽を享受して乱れるアイシスに、ゾクゾクするほどそそられる。これまでは他の男が泣かせるのを見ていただけで満足していたが、今夜のことをきっかけに、自らの手で痴態《ちたい》を晒《さら》させたい欲求が生じたのは否めない。

誰かを性的に欲しいと思ったのは初めてだ。

性愛に奔放《ほんぽう》なオレストとは反対に、ヴァシルはまったくそうした行為に興味がなく、何人もの女性を妃に迎えておきながら、義務で彼女たちの寝室を代わる代わる訪れるだけだった。訪れる順番を決めるのはお付きの者たちだ。ヴァシルは一度として今夜は誰の許《もと》に行きたいと希望したこともなければ、嫌だと断ったこともない。皇妃に対しても例に漏《も》れなかった。ヴァシルにとってセックスとは跡継ぎの資格を持つ男子を三人得るまでの儀式であって、それ以外の意義は見出《みいだ》していなかった。どの女性にも挿入して出すだけで、誰ともキスさえしたことはない。

男の妃であるアイシスに至っては、初夜だけ夫としての役目を果たしさえすれば婚姻《こんいん》は成立するので、以降は放置しておくつもりだった。アイシスは「手元に置きたい」と自ら希望して手に入れた唯一の相手だが、オレストがアイシスに色気を出すまでは、積極的に抱く気はなかったのだ。心のどこかで、深入りすると我を忘れて溺《おぼ》れてしまいかねない危険性があることを察知していたのかもしれない。それくらいアイシスは美しく、魅力的だった。その上、初夜に抱いたとき嗜虐心を強くそそられたので、誰かにもっと陵辱《りょうじょく》させてみたくなった。

自分は見ているだけで手を出さず、あくまでも余興として楽しむつもりでいたのだ。

浴槽の縁に頭を凭《もた》せかけてぐったりとしていたアイシスが、ピクリと身動《みじろ》ぎした。

ゆっくりと菫色《すみれいろ》の瞳が瞼《まぶた》の下から現れる。

「お気がつかれましたか」

オレストが優しくアイシスの顔を覗《のぞ》き込む。すでに全身清められており、髪も体も芳《かぐわ》しい香りに包まれ、清潔な美しさを取り戻していた。

「私……申し訳ありません、また気を失ってしまって……」

「気にされることはありませんよ。宮廷においでのご婦人方など、猫がドレスの裾《すそ》にじゃれついただけで失神しておしまいになる。それからすると、あなたはむしろ、ずいぶん辛抱強い。ご立派です」

アイシスはなんと返せばいいのかわからなそうに睫毛《まつげ》を揺らしてはにかむ。

ローブを羽織った姿でソファに座り、二人の遣《や》り取りを見ていたヴァシルは、胸がチリッと焼けるような痛みに襲われ、機嫌を悪くした。

「もうこれでお開きにするのか。それともまだ相手をさせるのか、どっちだ、オレスト?」

突然声を荒げたヴァシルに、アイシスの表情がサッと曇り、強張《こわば》る。

オレストは心と体が違うことを考えているかのごとく逡巡《しゅんじゅん》する素振《そぶ》りを見せて、しばらく返事を躊躇《ためら》っていたが、やがてヴァシルを真《ま》っ直《す》ぐ見返してきて、「まだだ」と迷いを押しのけるように言った。今夜を逃せば二度とアイシスを抱く機会はないかもしれない。そう考え、情欲を優先させたようだ。

アイシスもこれで終わるはずがないと観念していたらしく、落胆した様子はなかった。

水気を拭《ぬぐ》い去った裸のアイシスを、オレストが横抱きにして寝室に連れていく。

ヴァシルも後を追った。

ローブを脱ぎ捨て、二人のいるベッドに上がっていく。

オレストは再びアイシスに脚を開かせ、綺麗《きれい》にしたばかりの秘部に潤滑用のクリームをたっぷりと塗り込め、準備を調えていた。

そこまでさせておきながら、当然の権利のようにヴァシルから先に体を繋《つな》ぐ。

「あああっ、い、痛い……っ」

さんざん擦《こす》られて腫《は》れているのか、いちだんと窮屈になった感のある器官に猛《たけ》った雄芯《おしん》を押し進めると、アイシスはシーツを握り締めて身を竦《すく》め、髪を振り乱して泣いた。

一瞬、オレストの顔に憐情《れんじょう》が浮かんだのをヴァシルは見逃さず、反対にアイシスを惨《むご》く苛《さいな》んだ。アイシスは俺のものだ、どう扱おうと俺の自由だ、という激情に支配され、そのことをオレストにはっきりと思い知らせたかった。

「締めすぎだ。力を抜け」

残りを強引に根元まで突き入れる。

「あぁっ！」

アイシスはさらに尖《とが》った悲鳴を放ち、身をのたうたせた。

「辛《つら》いか」

聞くまでもないことをわざと聞き、はいと肯定することを躊躇うアイシスの頬《ほお》に手の甲を当てる。

ぐっしょり濡《ぬ》れて重たげな睫毛を指で擽《くすぐ》ると、アイシスは恥ずかしそうに目を伏せた。

腰の動きを止めて、緊張を解《ほぐ》すようにあちこちに優しく触れてやると、強張っていた体から徐々に力みが取れていく。

いい感じに緩んだところで、ヴァシルはゆっくりと抽挿し始めた。

「んっ、あ、あ……うう」

アイシスの声に苦痛だけではなく快感も得ているかのような艶《つや》が混じりだす。

もっと悦《よろこ》びに泣かせ、悶《もだ》えさせたい。自然とそんな欲が湧いてきた。

可愛い、可愛い、とオレストが繰り返し口にしていた気持ちがわかる。感じて喘《あえ》ぎ、身を揺すって悶えるアイシスはヴァシルの心を鷲摑《わしづか》みにし、かつて誰にも抱いたことのない恋情を掻《か》き立てた。

深々と己の一部を埋《うず》めたまま、アイシスの両腕をシーツに押さえつけ、顔を近づけて薄紅《うすべに》色《いろ》の小さな唇を奪う。

初めてのキスだった。

アイシスも驚いたように唇が触れ合った瞬間、大きく目を瞠《みは》ったが、すぐに長い睫毛を伏せて目を瞑《つぶ》る。

ヴァシルは傍らにオレストがいることも忘れ、初めてのキスを心ゆくまで堪能《たんのう》した。

アイシスもけなげに応えてくる。

湿った粘膜を何度も接合させ、隙間《すきま》から舌を差し入れて口腔を舐《な》め回す。怖がって隠れようとする舌を搦《から》め捕《と》り、吸い上げると、あえかな呻《うめ》き声を洩《も》らして、後孔をきゅうっと引き絞る。陰茎を締めつけられたヴァシルは心地よさに満ち足りた息をつく。

「なんだか妬《や》けるな」

オレストが冗談めかして茶々を入れてくる。

「どういう風の吹き回しだ、陛下」

まったく、オレストに揶揄《やゆ》されても仕方がない、とヴァシル自身思う。自分で自分の気持ちの変化が不可思議だ。こんなつもりはなかった。だが、アイシスに触れれば触れるほど、情が募る。もっと苛《いじ》めたいは、もっと可愛がりたいと同義になりつつあった。

キスをしながらユサユサと腰を揺すり、抜き差しを再開する。

「あ、ああっ、ん、んっ」

唇を離してやるとアイシスは気持ちよさそうに喘ぎ、普段は透けるように白い肌を徐々に紅潮させていく。

「俺も触っていいですか」

「好きにするがいい」

本当はこれ以上させたくなかったが、ヴァシルは虚勢を張って許した。

後孔にヴァシルのものを受け入れて上り詰めていきながら、体中をオレストに指や唇や舌でまさぐられ、アイシスは取り乱しながら気をやった。

激しい快感に全身を小刻みに痙攣《けいれん》させ、しどけなくシーツに投げ出された体から、ヴァシルがいったん雄芯を抜いて身を離すと、入れ違いにオレストが窄《すぼ》みかけた襞《ひだ》を己《おのれ》のものでこじ開け、いっきに根元まで捻《ねじ》り込んだ。

「い、やあっ、もう、しないで——っ」

後ろの快感だけで達した直後の敏感な体を立て続けに責められて、あられもなく泣いて身を捩《よじ》る。

口では嫌だと言うが、オレストに入れられて感じているのは、顔の表情や手足の蠢《うごめ》かし方を見ればわかる。

「許せない淫乱《いんらん》ぶりだな」

ヴァシルはアイシスの節操のなさを責め、嫉妬もあってオレストを退《ど》かせると、硬く張り詰めた自らの陰茎を穿《うが》つ。

「狡《ずる》いぞヴァシル。挿《い》れたばかりだったのに」

「ならば、きみも来るがいい」

ヴァシルはアイシスの背中に腕を回し、繋がったまま一緒に身を起こして座位で向き合う体勢を取ると、すでにヴァシルのものを銜《くわ》え込んでいる秘部をしなやかな指でこじ開ける。

「やめて、お願いですっ！　許してください。無理……っ、無理です」

何をされるか察したアイシスは、なりふりかまわず叫んで許しを請い、恐慌を来《きた》したように青ざめて泣き続けたが、ヴァシルは翻意しなかった。

オレストは潤滑用のクリームを己自身にたっぷり施し、襞の隙間にも指を入れて十分過ぎるほど丹念に塗りたくる。

「嫌っ、嫌――！　怖い」

歯の根が合わなくなるほど怯《おび》えて震えるアイシスに、ヴァシルはどうしようもなくそそられて、昂奮《こうふん》した。

可哀想《かわいそう》だと思う反面、本当に無理ならオレストはしないだろう、という確信に満ちた信頼もあり、身も世もなく泣き乱れるアイシスを見たい気持ちを捨て去れない。

「大丈夫。あなたのここは締まりがいいのに柔らかい。陛下が夢中になるのも道理の、素晴らしく淫《みだ》らで素敵な体をしておいでです」

オレストは、耳朶《じだ》に息を吹きかけつつ言葉巧みにアイシスを懐柔し、体温で油のように溶けて濡れそぼった後孔に陰茎の先端をねじ込んできた。

ヴァシルにとっても未知の経験で、実際どうなるのかわからなかったが、少しずつオレストの陰茎がヴァシルの陰茎まで擦り立てながら奥に入ってきたとき、本当にこんなことができるのだと驚嘆していた。

二本同時に受け入れさせられるという無体に、アイシスは全身に鳥肌を立ててガクガクと何度か大きく上体を揺らしたかと思うと、またもや失神してしまった。

ヴァシルだけでなくオレストも過度の昂奮状態にあり、根元までどうにかねじ込んできて、ぐったりしたアイシスを間に挟む形でヴァシルの背中に腕を回して抱き合うや、二人とも爆発するように吐精していた。あっという間の法悦だった。

名残《なごり》惜しげにオレストが先に抜いて離れ、ヴァシルも続けて雄芯をアイシスの中から引き抜いた。

どろりと二人分の精液が零《こぼ》れ落ちてくる。

気を失ったままのアイシスを打ち捨て、ヴァシルはベッドを下りた。

床に脱ぎ捨てていたローブを拾い上げて手にすると、振り向きもせずに浴室に向かう。

もっと素直にアイシスを労《いたわ》りたい、介抱してやりたい気持ちはあるのだが、そんなふうに人と向き合う教育を受けてこなかったヴァシルは、やり方を知らないし、そうすること自体に抵抗があった。

三人が寝室にいる間に、侍従が浴室を綺麗に片づけていた。床に散らばっていた宝石付きのヘアピンは一本残らず拾い上げられ、浴槽には熱い湯が張り直されている。

湯に浸かって汗を流し、十五分ほど寛《くつろ》いで寝室に戻る。

ベッドではオレストが意識のないアイシスの世話を甲斐甲斐《かいがい》しくやいており、ヴァシルが近づいていくと、思い詰めた表情の顔を向けてきた。

「どうやら惚《ほ》れてしまったようだ」

こんな不埒《ふらち》な告白をすればどうなるか、当然承知しているが、それでも言わずにはいられない、そんな切羽詰まった心境がひしひしと伝わってくる。

薄々そんなことではないかと察していたものの、よもや皇帝であるヴァシルの妃を率直に欲しがるとは思いもかけず、オレストの気持ちの強さ、真剣さにヴァシルは驚いた。

遊びでアイシスを一度抱くだけなら許せるが、本気になるなどもってのほかだ。ヴァシルの胸三寸で極刑に処される可能性もある大罪に値する。オレストの覚悟の強さ、アイシスへの想いの真摯《しんし》さに、ヴァシルの胸は不穏にざわめいた。

「もし、この人を気まぐれで妻にしただけなのなら、俺に譲ってもらえないだろうか。俺はこの人を正妻にしたい。もう子供は一人いるから、男を正妻にしても俺の周囲は誰も文句は言わない」

熱っぽく懇願され、頭を下げられたが、ヴァシルは当然取り合わなかった。

「冗談はそのくらいにして、今夜はもう客室に引き取るなり、今から帰宅するなりしろ」

その場はそう言って話を切り上げさせたものの、強い焦りが込み上げるのは止めようがなかった。

## Ⅲ

オレストと二人でアイシスを奪い合うように求めて以来、ヴァシルは他の男にアイシスを嬲《なぶ》らせるのをやめ、自ら抱くようになった。

一度味わってしまうと病みつきになる禁断の果実に、あの夜、とうとうヴァシルは手を伸ばしてしまった。嫉妬という、今まで抱いたことがなかった感情に目覚め、独占欲が見栄やプライドを凌駕《りょうが》した。気まぐれで手に入れた十二番目の妃ごときに軽々しく情けをかけるなど、皇帝にあるまじき軽率な振る舞いだと考え、足元を見られてなるものかと己を律していたのだが、自らの腕で抱き締めて悦楽に泣かせたい欲求に勝てなかった。

他の妃には見向きもしないのにアイシスにだけ執着するヴァシルに、不満と不安を募らせる者も多くいる一方、やっと享楽的で人道にもとる醜悪な遊びをやめてくれたかと胸を撫《な》で下ろしている者もいた。ヴァシルの催す秘密の宴を元々よく思っておらず、密かに眉を顰《ひそ》め、生贄にされる十二妃が気の毒すぎると胸を痛めていた侍従や侍女たちだ。

万事において謙虚で礼儀正しく、我《わ》が儘《まま》を言わず弱音も吐かないアイシスは、身近に接する機会のある人々の間で「できたお妃様だ」と評価が高かった。

帝国内の貴族や有力者の家から嫁いできた、皇妃をはじめとする十一人のお妃たちは、皆一様にプライドが高く、自分以外の人間をあからさまに見下す。それぞれに付いている取り巻き以外の者たちには心ない振る舞いばかりするので、よく思われていなかった。皆、上辺《うわべ》だけは取り繕って愛想よくするものの、陰では身分に見合った品性が養えていないと軽蔑《けいべつ》し、敬遠していた。

彼女たちに比べるとアイシスは後ろ盾もなく吹けば飛ぶような弱い立場で、しかも十二妃中最も若く、庇護心を掻き立てられる存在だ。それをやっかんだ皇妃や他の妃たちに近しい者には目の敵《かたき》にされ、意地の悪い仕打ちを受けていたが、アイシスは誰にもそのことを相談せず、じっと一人で耐えている。

親族同然に信頼を寄せている侍従長から、「差し出がましいことを申し上げますが……」と耳打ちされて、ヴァシルもだいたいの状況は把握してはいたが、妃同士の関係に皇帝が口を出すのは宮廷作法上タブーとされており、とりあえず静観している。

夜毎《よごと》アイシスの寝室を訪れ、今度はヴァシル自らが様々な趣向を凝らしてアイシスを啜《すす》り泣かせ、しどけない姿を堪能するようになって、愉《たの》しみが増えた。

アイシス自身、どこの誰とも知れない男に身を任せるより、ヴァシルに抱かれるほうが数倍嬉《うれ》しく、願ってもないことだ。

ヴァシルの言葉や行為に昂《たかぶ》り、羞恥《しゅうち》にまみれながら可愛らしく喘いで乱れるアイシスに、もっと早くこうすればよかったと後悔するほどヴァシルは満足している。

行為の前に必ず与えていた秘薬入りの酒も、それなしでもアイシスがヴァシルの愛撫に陶然として体を開くことがわかると、飲ませるのをやめた。

決して優しい抱き方ばかりはしておらず、淫虐《いんぎゃく》に近い行為をさんざんするのだが、アイシスの色香と艶は増すばかりだ。初々《ういうい》しく清廉だった美貌《びぼう》は、臈長《ろうた》けてしっとりとした、周囲を蠱惑《こわく》する大人《おとな》びた雰囲気を纏《まと》いだし、行く先々で人々を魅了する。

ヴァシルはアイシスを夜会や演奏会などの催しに積極的に連れ出した。

アイシスを皆に見せびらかし、羨望《せんぼう》と感嘆の溜息《ためいき》をつかせる誇らしさを味わえるのもさることながら、そうして上品に取り澄まさせた服の下で、アイシスが淫らな痛みに耐えている事実を自分だけが知っているのだ、という優越感がこたえられない。

公《おおやけ》の目に触れるときには必ずドレスで女装をさせ、腰を引き絞り、胸を作らせる。

毎度例のクランプでキリリと嚙《か》んで苛むせいで、アイシスの乳首は明らかに一回り大きくなって色を濃くし、軽く指を触れさせるだけでツンと尖って硬くなるようになった。真っ白い胸板に、赤らんだ粒が妖《あや》しく膨らんで存在を主張している様は見るからにもの欲しげで、劣情を煽《あお》る。

「そのうちここを弄《いじ》られただけで達《い》けるようになるのではないか。いやらしいやつめ」

ヴァシルは意地の悪いことを言って、アイシスをわざと辱《はずかし》め、恥じらったり困惑したり怯えたりする様子を愉しむ。

乳首を調教するだけでは飽き足らず、節操もなく先走りを零すなと叱《しか》っては、陰茎の根元を革紐で縛ったり、尿道に植物の茎を入れて塞《ふさ》いだりといった仕打ちもたびたびした。

敏感になりすぎた乳首を、長いときは数時間にわたって苛まれると、アイシスは女性用の小さな下着を途中で一度穿《は》き替えなくてはならないほど、ぐしょぐしょに濡らしてしまう。

ヴァシルは控え室や間仕切りの緞帳《どんちょう》の陰にアイシスを連れていき、「脱げ」とアイシス自身の手でパンティを下ろさせ、

「なんだこれは」

と染《し》みを広げた部分を突きつけて辱める。

羞恥に顔を真っ赤にして俯《うつむ》くアイシスに欲情し、その場でソファに押し倒してドレスの裾を捲《めく》り上げ、猛った陰茎を埋めて腰を揺さぶったこともあった。アイシスは声を洩らさないように必死で努め、ベッドでするとき以上に感じて乱れた。いつ人の目に触れるかしれない場所で、あられもない姿で犯されるという特異な状況に、かえって昂奮したらしい。

そんなアイシスをヴァシルは淫乱だと責め、同行していた若くてハンサムな侍従を呼んで革紐と新しいパンティを持ってこさせ、彼が見ている前でアイシスの陰茎の根元をきつく縛って精路を塞ぎ、仕上げに侍従に「下着を穿かせてやれ」と命じた。

ひどい辱めにアイシスは耳まで赤く染めて顔を背けていたが、それより侍従の青年のほう

がもっと気の毒だった。刺激の強さと緊張で気が昂り、汗を掻き、手を震わせながら、アイシスの足にパンティを通すのにもまごついていた。そこからさらに、ドレスの裾を捲って腰まで引き上げ、痛々しく括《くく》られた陰茎を布地の下に収めるという大役を果たさねばならなかったのだ。皇帝が寵愛《ちょうあい》している妃を相手に万一粗相があれば、どんなお咎《とが》めがあるかわからないと、生きた心地もしなかっただろう。

我ながら悪趣味だと思うが、代々の皇帝の乱行ぶりや暴君ぶりはこんなものではなく、ヴァシルも幼い頃からそれを『余興』と説明され、皇帝にだけ許された特別な力の行使だと教えられてきた。一方では皇帝の義務に雁字搦《がんじがら》めにされながら、密かに鬱憤《うっぷん》を晴らすことも認められ、推奨されてきた内々の事情があり、ヴァシルはそれを否定する立場ではない。アイシスに対する淫虐の数々を悪趣味かもしれないと考えるようになったのも、ここ最近の話だ。

陰茎の根元を縛って逐情できなくするとか、濡らすと痒《かゆ》みをもたらす成分を出す植物の蔓《つる》を縒《よ》って精路を塞ぐ太さにし、それを奥まで挿入するといった淫らな責めは、先代の皇帝が男の妃を罰するときしていた行為だ。先代は大変好色で、昼夜も所もかまわず、暇さえあれば色事に耽《ふけ》っており、人目につく場所で淫猥《いんわい》な行為が行われていることがよくあった。

初めてこれをアイシスにしたとき、アイシスの惑乱ぶりは他のどんな行為をしたときよりすさまじく、ヴァシルに味を占めさせた。

悶えて泣き喘ぐアイシスは男の欲情に一瞬で火を点《つ》けるほど色っぽい。もっと泣かせて、うっとりするような美声で悲鳴を上げさせ、なりふりかまわず縋《すが》りつかせて、「お許しください」と哀願させたくなる。

加減を弁《わきま》えねばそのうちもっと惨い行為をするようになりそうで、ヴァシルは己を律し始めた。

ヴァシルはアイシスを壊したいわけではない。ひどいことをして、菫色の目が赤く見えるほど泣かせたあとは、何もせずただ抱き締めていたこともあった。そうせずにはいられず、強く抱けば折れそうな細身を腕に包んでいる間、熱いものがふつふつと心の底から込み上げるのを不思議な気持ちで感じていた。こんなふうに感じるのはアイシスに対してだけだ。それがなぜかヴァシルにはわからなかった。

身を寄せ合っていると、アイシスの体温と心臓の鼓動、髪や肌から香り立つ芳しい匂いをつぶさに感じて、とても心地いい気分になる。心がすうっと落ち着いて、不満も苛立《いらだ》ちも不安も消え、ずっと二人でこうしていたいと望む気持ちだけになる。

さらさらと指の間を滑り落ちていく金の髪に口づけ、片手で摑《つか》めそうに華奢《きゃしゃ》な首筋に指を辿《たど》らせ、長い睫毛を舌先で擽る。

そんな時間の過ごし方をすることが増えてきた。

ヴァシルがどんなに意地の悪い仕打ちをしても、アイシスはヴァシルを嫌わない。

その時々は怯え、恐れ、嫌がるが、解放されると全部忘れたように、はにかんだ穏やかな顔を向けてくる。恨みつらみなど窺《うかが》わせない従順なまなざしでヴァシルを遠慮がちに見て、はしたない姿を晒したことを詫《わ》びてくる。

アイシスの言葉や態度に裏表がないことはヴァシルも認めるにやぶさかではない。嘘や言い訳も苦手なら、お世辞も不得手で、心にもないことを言うくらいなら黙って口を閉ざす。そのあたりはヴァシルも似たようなものなので、親近感を覚える。

「おまえは俺と一緒になって少しはよかったと感じるか」

あるとき、ヴァシルは思い切って聞いてみた。

アイシスからの返事は、

「はい」

という短い一言だけだったが、そこに百の賛辞を連ねる以上の真実味と雄弁さを感じ取り、ヴァシルは胸に迫るものがあった。

アイシスを一目見て惹《ひ》かれたのは、単に容姿や醸し出す雰囲気が並外れて美しく、清々《すがすが》しかったからだけではなく、この控えめで真っ直ぐな魂にヴァシルの心が無意識のうちに共鳴したからではないかと思えてならない。そう考えたくなるほど、アイシスはヴァシルにとって不足のない妃だった。

結婚した当初はどうせすぐ飽きるだろうと予想していたが、アイシスを抱くようになってからは、もしかすると一生添い遂げるかもしれないと思いだした。皇妃とですらそんな未来は想像したこともない。そんなふうに考えていると誰かに知られたら、きっと一悶着《ひともんちゃく》起きるだろう。なんといっても、皇妃は帝国で一、二を争う名家の出だ。岳父《がくふ》は宮廷内で絶大な権力を握っている。

今、ヴァシルの心に引っかかっているのは、あの晩のオレストの嘆願だ。

よほどアイシスに骨抜きにされたのか、冷静で頭がよく、損得勘定も得意で世渡り上手のはずの男が、頭に血が上ってまともな判断力を失っていたとしか思えない世迷い言《よまいごと》を口にした。長い付き合いだが、こんなことは初めてだ。ヴァシルがあの場で受け流さなかったなら、即刻牢獄行きになるところだった。裁判にかけられ、背信罪と不敬罪で数年から数十年、過酷な条件下での重労働が課されてもおかしくない、大変な問題発言をしたのだ。ヴァシルから「もらってくれ」と下げ渡すのであればともかく、臣下であるオレストの立場で妃に横恋慕することは絶対に許されない禁忌だ。

あの夜から三ヶ月経《た》つが、オレストは軍務で忙しいのか、王宮には姿を見せない。

あれだけ熱くなっていた気持ちがそう簡単に冷めるとも思えず、ヴァシルは胸の奥に一抹《いちまつ》の不穏な予感を忍ばせ、折に触れて思い出しては激しい不安に駆られていた。

大事な親友が、道を踏み外し、何事もなく行けば順風満帆なはずの輝かしい人生を棒に振ることがあってほしくないと祈る心地だ。だからといって、アイシスを譲る気は毛頭ない。それ以外ならできる限りオレストの望むとおりにしてやりたいところだが、アイシスだけは誰に頼まれようと手放せない。ヴァシルの気持ちはそこまで強くなっていた。

できれば四六時中アイシスを傍《そば》に置いておきたいが、ヴァシルにも皇帝としての様々な務めがある。

同盟関係を結んでいる友好国を訪問することも重要な公務の一つだ。そうした公式訪問の際、同行するのは皇妃と決まっている。

オレストの件も終結したとは言い難い中、アイシスを残して行くのが不本意だったが、ヴァシルはやむを得ず後ろ髪を引かれる思いで出立した。

予定では一週間の日程が組まれているが、詰められるところは詰めて、一日でも半日でも早く帰国したいのが本音だ。日程の調整を担当する事務官にもその旨《むね》伝えてある。アイシス付きの侍従には、何かあればすぐに連絡を寄越すよう厳命した。通常、移動の手段は皇帝夫妻専用の六頭立ての馬車だが、今回は自動車も随行させることにした。いつでも一人で素早く動けるようにしておくためだ。

「十二妃様との婚姻からおよそ半年が経とうとしておりますが、陛下にはお珍しくご執心のご様子。皆様、たいそう気を揉《も》んでおりましてよ」

馬車の座席にヴァシルと並んで腰掛け、沿道で手を振る人々に笑顔を見せて応えていた皇妃が、人出が絶えたところで話しかけてきた。言葉遣いは慇懃《いんぎん》だが、明らかに十二妃の扱いを面白くなく感じていることが皮肉な物言いから察せられる。

「ほう」

ヴァシルは真っ直ぐ正面を向いたまま短く相槌《あいづち》を打っただけで、皇妃と話をする気がないことを態度で示した。

五歳年上の皇妃はプライドの塊《かたまり》のような女性で、常に余裕のある素振りを見せて悠然としているようだが、実は様々な面でコンプレックスを抱えている。三十を超えて衰え始めた容色、第三妃に先に男児を設けられてしまったこと、この数年の間一度としてヴァシルに求められていないことなど、足るを知るという美徳に欠けるがゆえの不満を山ほど持っている。なんでも一番でなければ納得できない気質なのだ。

他の妃にかこつけて、自分はべつに気にしていないふうを装っているが、誰よりもアイシスの存在を疎《うと》ましく、また忌々《いまいま》しく思っているのは皇妃に違いなく、ヴァシルもそれは承知している。だからこそ皇妃とアイシスの話をするのは避けた。ヴァシルの愛情は一度として皇妃に向けられたことがなく、そのことは皇妃も気づいているはずだ。ヴァシルとしては、皇妃は皇妃として尊重しているし、厚遇もしているつもりなので、アイシスと比較してやきもちを焼かれたり恨み言を言われたりするのは心外で、煩《わずら》わしかった。

「皆様いろいろと感じるところがあるようですが、私は陛下が十二妃様をお迎えになったことを喜ばしく思っております」

ヴァシルと言葉を交わせるめったにない機会をフイにしたくないのか、皇妃はヴァシルが鼻白《はなじろ》んでいるにもかかわらず話を続ける。

「残念ながら私はまだ一度もお姿を拝見したことがなくて、噂話を聞き及んでいるだけなのですが、女装の似合う大変な美貌をしておられるとか。陛下にとっては初めての男のお妃様ですから、いろいろと新鮮でお楽しみも多いことでしょう」

馬車は舗装状態のよくない道に入り、ガタガタと振動が大きくなった。帝都を数十キロ離れると、修復中の箇所があったり、未舗装のままだったりする道がまだまだ多い。

そうした道を走っているときに喋《しゃべ》り続けていると、うっかり舌を噛んでしまいかねず、皇妃もようやく口を閉ざした。

ヴァシルは退屈そうに車窓を流れる長閑《のどか》な田園風景を眺めやり、王宮に置いてきたアイシスに想いを馳《は》せた。

親しい友人の一人も持たず、信頼できる従者もいない、八方敵だらけと言っても過言ではない環境でどうしているか、早くも気にかかる。

毎晩のように抱いていたので、独り寝が続くと、体が疼《うず》くようになってしまっているかもしれない。自慰すら許しがたい気持ちが込み上げ、貞操帯をつけさせるべきだったと遅まきながら後悔する。

そうしておけば、たとえ留守中にオレストが訪ねてきても、よけいな心配をせずにすんだ。今までヴァシルは妃たちの貞操など気にも留めていなかったので、そういう発想がなかったのだが、妻に貞操帯をつけさせて遠征する兵士の心境が初めて理解できた。

朝方王宮を出立して、夕刻には最初の目的地に着いた。隣国の元首である総督の別荘が、帝国との国境にほど近い場所にあり、そこで一泊することになっている。

総督とは縁戚関係にあるため、この日は内輪の晩餐会《ばんさんかい》が開かれるのみで、翌朝には次の訪問国に向けて早々に発《た》つ。

「大変遅くなりましたが、先刻のご結婚、あらためましておめでとうございます。十二番目のお妃様は妖精と見まがうような金髪の佳人と聞き及んでおりますぞ。若くて美貌のレティクリオン帝国皇帝陛下とお並びになると、さぞかし眼福でしょう」

晩餐のあと男女に分かれ、紳士たちはシガールームに集まった。そこでヴァシルは総督から結婚祝いの品を贈られた。

浅く平たいボックスの中身をあらためたヴァシルは「ほう」と感心すると同時に、微《かす》かに眉を顰めた。

好事家《こうずか》で知られた総督からの贈りものにふさわしい、美麗さと希少価値、受け取りようによってはいかがわしさも感じさせる、興味深い品だった。

「どこにつけさせるかは好み次第というわけか。ありがたくいただいていこう」

「十二妃様にもお気に召していただければよいのですが」

「気に入るだろう、きっと」

また泣かせることになるかもしれないが、とヴァシルはそっとほくそ笑み、アイシスの切羽詰まった声と歪《ゆが》めても色っぽい顔を脳裡《のうり》に浮かべてさっそく昂揚してきた。

ヴァシルは総督に、普段は吸わない葉巻を所望して、火を点けさせた。

なにかにつけて、王宮で帰りを待たせているアイシスに気持ちが向かうのを、ヴァシルはらしくないと自嘲《じちょう》しながら、一週間の辛抱だと己に言い聞かせた。

その晩も皇妃とは別々の部屋で休み、翌朝、日の出と共に馬車に乗った。

まだ先は長い。たかだか一週間の公務を長いと感じるのは、今回が初めてだ。

長距離の移動と、訪れた先々で派手な歓待を受けることを繰り返し、ヴァシルは皇妃と共に粛々と公務をこなしていく。

このまま滞りなく運べば、最終日の夜の宿泊をやめにして、日程通りであれば翌朝帰途に就くところを一日短縮することもできそうだ。

前夜、事務官を部屋に呼んで、その相談をしていたところに、王宮からの密使が親書を携えて早馬で駆けつけてきた。

何事かと緊張して封を切る。

したためられていたのは、本日午後起きたアイシス絡《から》みの騒動に関することだった。大事には至らなかったものの、どんな些末《さまつ》なことでも報告するようにと事前に厳命してあったので、侍従長が報告してきたのだ。

このところヴァシルがアイシスにばかりかまうので、他の妃たちが不満を募らせていることは知っていた。ヴァシルの留守中に、皇妃を除く十人の妃たちがアイシスを苛めて辛く当たるのではないかと多少心配していたが、よもや、こんな大胆不敵な策略を練る妃が現れるとは、予想の範疇《はんちゅう》を超えていた。アイシスに薬を盛って前後不覚にした上で関係を持ち、既成事実を作っておいて、アイシスの記憶があやふやなのを逆手にとって不貞を強要した側に仕立て上げ、ヴァシルの怒りをアイシスに向けさせようという計画だったようだ。

言われてみればアイシスはれっきとした男で、その気にさせられさえすれば、妃同士で不貞を働くこともできなくはないだろう。先代は男の妃たちと女の妃たちを別々の棟に住まわせ、両者が顔を合わせることを厳しく制限していた。

幸い、今回は事なきを得たが、今後はこうした事態に対する備えも必要かもしれない。ヴァシルは己の隙につけ込まれた気がして面白くなかった。たかが妃に振り回されるとは屈辱的だ。第七妃は素行不良でしばらく里帰りさせ、いずれ離縁することになるだろう。いまだ子も設けておらず、よほど焦っていたとみえる。先代の治世に政治家としてひとかたならぬ活躍をした男の孫娘を貰《もら》わされたのだが、その男自身は去年老齢で亡くなった。その息子であり、第七妃の父親である男は凡庸な役人だ。事が事だけに、娘を返されても文句は言えないはずだ。

それより気になるのは、アイシスを助けたのが、オレストだったことだ。

所用で王宮に来ていた少佐が、アイシスの部屋の窓が見える中庭を散策していたところ、室内で陶器が割れる音がするのを聞きつけ、不審を覚えて侍従と共に部屋に駆けつけてみると、第七妃がぐったりとしたアイシスをソファに押し倒し、まさにドレスの裾をたくし上げてのし掛かっていこうとしている最中だったという。

この三ヶ月あまり姿を見せなかったオレストが、ヴァシルが外国訪問中で不在のときに王宮を訪れ、アイシスの部屋の下にいたとは、なんとも意味深な話だ。

今回はたまたまそれがいいほうに転び、オレストのおかげでアイシスは奸計《かんけい》に引っかからずにすんだわけだが、手放しで喜ぶ気にはなれない。

なぜヴァシルの留守中にアイシスの部屋を覗くようなまねをするのか。膝を詰めてよくよく話をしなければ納得しかねた。アイシスを見るときの、オレストの熱の籠《こ》もったまなざしを思い出すと、胸騒ぎがしてくる。

とにかく明日は、今回の日程の最後の公式行事である茶話会がすみ次第、皇妃を置いてでも王宮に戻る。

虫の知らせとでもいうのか、親書を読んでからずっと嫌な予感が去らず、ヴァシルはアイシスの顔を見るまで落ち着けそうになかった。

＊

鏡台に座って侍女に長い髪を梳《くしけず》ってもらいながら、アイシスは鏡に映る頼りなげな自分の姿に、情けなさすぎると己を憂う溜息しか出なかった。

今日の午後、普段めったに顔を合わせることもない第七妃が「一度お話がしたいと思っておりました」と突然部屋に訪れた。侍女を一人連れていたし、仮にも自分より身分の高い第七妃を無下に追い返すわけにもいかないと躊躇し、お茶だけならば差し支えないだろうと部屋に通したことがそもそもの過ちだった。

部屋に落ち着くと第七妃は連れてきた侍女にお茶を淹《い》れさせ、用がすむと下がらせた。二人きりになってさらに気まずさが増し、いっこうに弾まない会話にアイシスは勧められたお茶を飲む以外に間のもたせようがなかった。

苦みの強いお茶だと思いながらも、疑うことはせず、半分ほど飲んだところで急に強烈な眠気に襲われた。

手にしていた茶碗を床に落として割ってしまったところまでは覚えている。

だが、そこから先は靄《もや》がかかったように意識や視界が曖昧《あいまい》で、体は鉛のように重く、思うように動かせなくなっていた。ところどころ記憶も抜け落ちていて、気がつくとそれまで腰掛けていたソファに横たわっていたのだが、自分で寝たのかどうかも定かでなかった。

きつい匂いのする香水をつけた柔らかな体がアイシスの上にのし掛かってきて、重いと感じたが、それがアイシスにはもう夢だったのか現実だったのか判断がついていなかった。

遠くで扉がノックもなしに蹴破《けやぶ》る勢いで派手な音を立てて開けられ、重たげな軍靴《ぐんか》の足音と「大丈夫ですか、アイシス様っ」という無事を確認する声が聞こえた。

意識は朦朧《もうろう》としていたが、この声は……とすぐに思い当たり、安堵《あんど》と戸惑いが一緒くたになってアイシスを襲った。

「オレスト様」

会うのはあの恥辱《ちじょく》に満ちた夜以来久しぶりだったが、アイシスの体を軽々と横抱きにして寝室に運んでくれた逞《たくま》しい腕や、弾力のあるぶ厚い胸板は、間違えようもなかった。

こんな形でまたオレストの世話になるとは思いもかけず、正直、一難去ってまた一難という気持ちが強かった。

慎重にベッドに下ろされ、後頭部を支えて頭を擡《もた》げ、水を飲ませてくれた。

それから、靴を脱がせてくれたり、毛布を掛けてくれたりと甲斐甲斐しく世話を焼かれ、アイシスは恐縮した。嬉しいし、助かりはするのだが、オレストとどう向き合えばいいのか悩まれて、もう大丈夫だから部屋から出て行ってほしいと願ってもいた。

オレストの行為に他意はいっさいなく、親切にしてくれているだけならありがたく受けとめられるのだが、アイシスを見つめるオレストの目には、思い詰めたような必死さと真剣さが窺え、アイシスは気圧《きお》されていた。明後日《あさって》の昼までヴァシルが不在であることが、アイシスの警戒心と恐れに拍車をかけ、気を許すわけにはいかないと思った。

「おそらく鎮静剤のようなものを飲まされたのでしょう。起きてはいるのですが意識がなくなり、何をされても覚えていないといった症状に陥ります」

「腑甲斐《ふがい》ないです。ご迷惑をおかけして申し訳ありません」

「いいえ。むしろ俺としては役得でした」

いくらこの場には二人以外いないからといって、そんな言い方は問題だ。誰かに聞かれたら困るのはオレストだけでなくアイシスも同様だった。

非常識だと眉を顰めたアイシスに、オレストは、

「すみません。冗談が過ぎました」

と謝りはしたものの、少しも悪びれた様子はなく、アイシスは微笑《ほほえ》めなかった。

アイシスが黙っていると、オレストはいったん崩した表情をすっと引き締めた。まだ薬の影響が抜けずにやむなくベッドに寝たままでいるアイシスの顔をひたと見据え、懇願するような口調で熱っぽく口説《くど》いてくる。

「ですが、あなたを想う気持ちは冗談などではありません。もう一度あなたを抱けるなら、この先の人生を棒に振っても惜しくない。この三ヶ月、あなたを忘れ、諦《あきら》める努力をしてきた。でもだめだった」

「だめです、それ以上おっしゃっては」

まさかの告白をされ、アイシスは頑《かたく》なに首を振って拒絶した。

「私は……私は、陛下のものです」

「わかっております。陛下もあなたを決してお離しにならない。だから、思いあまって陛下がお留守の今、王宮に来たのです」

「それは、どういう意味ですか」

アイシスはいよいよ兢々《きょうきょう》として、大胆不敵な発言をする無謀な男を、どうかしてしまったのかと問い質《ただ》したい気持ちで凝視《ぎょうし》した。

「あなたが欲しい」

オレストは完全に腹を括っており、清々しいほどの笑顔で堂々と求愛してきた。罪も罰も恐れない、覚悟を決めた人間の無敵の強さ――まさにそれを見せつけられたようだった。

あまりの潔さにアイシスは生半可《なまはんか》な断り文句では太刀《たち》打ちできないと悟り、言葉をなくして茫然《ぼうぜん》としてしまった。

そこへ侍従が来て、侍従長が事の顚末《てんまつ》を詳細に聞きたがっている、とオレストを連れていったので、話はそこで終わりになった。オレストはそのまま軍務に戻ったのか、アイシスの許に再び現れることはなかった。夜が更けてからも、晩餐を終えるくらいまでは身構えていたが、さすがに九時を過ぎた時点で、今宵はもう何事もなさそうだと安堵した。

侍女に手伝わせて入浴をすませ、寝支度《ねじたく》も調えた。

髪を梳り終えた侍女が「おやすみなさいませ」と恭《うやうや》しく腰を折って退出する。

アイシスは鏡台を離れ、ベッドに横になった。

明日一日つつがなく過ごせたら、明後日の正午過ぎにはヴァシルが帰国する。

どうかオレストが頭を冷やしてくれますように、とアイシスは祈った。自分のような者に愛を捧げても、オレストには一文の得もない。得がないどころか、へたをすれば皇帝に対する反逆罪で極刑に処される可能性もある。皇帝一族の傍流にあたるエリティス大公家の嫡《ちゃく》男《なん》ともあろう男に、命を懸けさせるほどの価値が自分にあるとはとうてい思えない。第一、アイシスの心はヴァシルに向いていた。オレストのことは、鉦《かね》や太鼓《たいこ》で探してもめったにお目にかかれない魅力的な男性だと思うが、先にヴァシルと出会い、この御方についていくと決意したアイシスには、オレストがいかに素晴らしかろうと、受け入れることは不可能だ。

アイシスはオレストが嫌いではない。ヴァシルと会う前にオレストと知り合い、求婚されていたなら、おそらくオレストの許へ行っただろう。

だが、実際はそうならなかった。アイシスを娶《めと》ったのはヴァシルで、アイシスはヴァシルを愛している。たとえヴァシルの気持ちがアイシスに向けられていないとしても、アイシスがヴァシルを好きでいることに不都合はないはずだった。そこにオレストが割り込む余地はなく、アイシスはどれほど請われようと、あまつさえ愛されたとしても、オレストを受け入れるわけにはいかなかった。

つらつらと考え事をしてしまい、ほとんど眠れないまま朝を迎えた。

今日はもう部屋から出るのを自重して、一日中誰とも会わずに静かに過ごすことにした。読書をしたり、クロスワードパズルを解いたり、午睡をとったり、ピアノを弾いたりと、その気になればできることはたくさんある。バルコニーを伝ってきたヴァシルの愛猫レノスを室内に迎え入れ、猫じゃらしで遊んであげたりもした。レノスは三歳の雄で、しゅっとしたしなやかなボディと綺麗な毛並みを持つ黒猫だ。相当気が強くて、ヴァシル以外には基本的に懐かないそうなのだが、不思議とアイシスのところにはときどきやって来る。

そうこうするうちに日が暮れていた。

自室で一人きりの晩餐はいつものことだ。

他の妃たちは、ヴァシルがいないときでも、晩餐用の部屋に集まって皆で食事をとるそうだが、アイシスは一度として誘われたことがない。ただ、第七妃は昨晩から自室に籠もっているらしく、今日も一日謹慎していたようだ。未遂とはいえ、皇帝の留守中に不埒なまねをしかけた現場を押さえられたからには、まったくお咎めなしではすまされないだろう。自分さえ隙を見せなかったら、とアイシスも悔やむところはあったが、第七妃自身浅慮であったことは否めない。同情はできなかった。事が成ってしまっていたなら、罪を着せられ、糾弾されていたのはアイシスだったに違いないのだ。第七妃が企《くわだ》てた奸計はそういう筋書きだったはずだ。

晩餐のあとはゆっくりと時間をかけて入浴した。

明日にはヴァシルが帰ってくる。帰ってきたからといって明日会えるとは限らないが、王宮にヴァシルがいるのといないのとでは、気の持ちようが変わる。

寝間着の上にドレッシングガウンを羽織り、髪の手入れを終えると、アイシスは侍女たちを下がらせた。

寝支度は調ったが、ベッドに入るには少し早い時刻だ。昨晩はよく眠れなかったが、午後にたっぷりと昼寝をしたせいもあり、まだ眠くなかった。

画集でも眺めようと思い立ち、隣の居間に足を向けたアイシスは、寝室を出た途端、目の前にぬっと立ち塞がった巨軀《きょく》に心臓が止まりそうになるほど驚いた。

「し、少佐……！」

動きやすそうな黒の上下を身に着けたオレストを見上げ、アイシスは反射的に後退《あとじさ》った。

「いったいどこから……？　誰があなたを通したのですかっ」

「中庭に潜んで、侍女が居間の蠟燭《ろうそく》を消して出ていくのを見て、窓から」

アイシスが後退った分、オレストは前に出る。

一歩一歩追い詰められるようにして、アイシスはベッドまで後ろ向きに歩かされていた。

オレストにはまったく隙がなく、不意を衝《つ》いて傍らをすり抜けて走り、居間から廊下に逃れるようなまねは、とてもできそうになかった。

窓の鍵をあらかじめ開けておいたのは侍女なのか。

「俺が頼んだのです。どうしても今夜想いを遂げたいと言うと、協力してくれました」

女性の心を摑むのに長《た》けたオレストならば、侍女の一人や二人、その気にさせるのはいとも簡単だっただろう。

「お願いです。馬鹿なまねはやめてください。それ以上近づいたら大声を出して人を呼びます！」

もう後がない。天蓋《てんがい》の支柱が見えるところまで来て、アイシスは声を荒げた。

昨日、話が途中になったままだったので、このままオレストが諦めるとは思っていなかったが、まさか夜這《よば》いをかけてくるとは、さすがに予想していなかった。

「呼びたいなら、呼べばいい」

何を言ってもオレストは動じず、落ち着き払ったままだ。ぎらついた欲望などは微塵《みじん》も窺えず、まなざしや、醸し出す雰囲気は殉教者《じゅんきょうしゃ》か何かのように静謐《せいひつ》で、信念に基づいて行動している強固さ、揺るぎなさに圧倒される。

アイシスの嘆願や脅しを一蹴し、オレストはついにアイシスをベッドに追い詰めた。

太股《ふともも》がベッドの端に当たり、あっ、と思った瞬間、ベッドに押し倒されて大きな手で口を塞がれ、声を出すことも身動きすることもできなくされていた。ベッドに身を乗り上げ、体重をかけてのし掛かってくるオレストを撥《は》ね除《の》けることなど、女性と大差ない体格のアイシスには到底無理だった。

「もうここには誰も来ません」

オレストは恐怖に目を見開いたアイシスにぐっと顔を近づけ、確信的な面持《おもも》ちで言う。

「諦めて、おとなしく脚を開いてください」

嫌です、とアイシスは口を塞がれたまま激しく首を振る。

ふっ、とオレストはおかしそうに嗤《わら》った。

「あの晩は陛下と俺を同時に受け入れて、はしたなく腰を振っていたではないですか。よかったんでしょう？　あなたは顔に似合わずたいそう淫乱だ。お尻の穴も、普段は慎ましく閉ざしているが、いざとなったら嬉々として男を銜え込む」

違う、とまた首を振って否定したが、今度は先ほどのようにきっぱりとした態度は取れなかった。身に覚えがないとは言い切れなかった。

それを見てオレストは、きつくしていた目つきを元通りに和らげた。

「あなたは正直で、本当に可愛い方だ」

アイシスをひたと見据えるまなざしに情が色濃く表れる。

「どうかこのまま静かにしてください。あなたがつれなくするから、こんな手段をとるしかなくなった」

口を塞いでいた手をゆっくりと離される。

「どうして……どうして、こんな無茶をするのですか……」

「陛下にまた頼めばあなたを抱かせてもらえるかもしれないと?」

アイシスは黙って頷《うなず》いた。決してそれを望んでいるわけではないが、こんなふうに無理やり禁忌を犯すより、そのほうがよほどいいと思った。皇帝を裏切るなど、自殺行為だ。

だが、オレストはそれはもうあり得ない、とせつなそうな顔をする。

「おそらく陛下は今後二度とあなたを他の男に抱かせはしない」

確信的な口調だった。

そして、アイシス自身、少し前から薄々そんな気がしていたので、返す言葉がなかった。

アイシスが強張らせていた体から僅《わず》かに力を抜いた途端、オレストは圧倒的な力で薄物の寝間着を引き裂き、胸元をはだけさせた。

「い、嫌っ! やめて、やめてください、少佐っ」

アイシスは必死に抵抗しようと試みたが、オレストはビクともしない。

「ああっ、ん……っ、だめ、だめ、嫌っ」

敏感な乳首を弄られ、気持ちとは裏腹に感じて淫らな息を零しだす。

体がすっかり感じやすく淫らに作り替えられていて、愛撫されると欲情を抑えきれず、ひとたまりもなかった。

「お願いです、しないで。しないでください!」

それでも最後の一線は越えさせまいと、脚を開かされるのを必死に拒んでいたが、オレストはむしろアイシスの儚《はかな》い抵抗を愉しんでおり、余裕綽々《しゃくしゃく》としていた。

「さあ、もういい加減観念してください」

疲れて抵抗する力も弱まってきた頃、オレストは易々とアイシスの動きを封じ込め、無残に裂けた寝間着の裾が絡む太股を、ぐいっと大きく開かせる。

「あぁっ！」

後孔を剝《む》き出しにされて、アイシスは恥ずかしさと恐ろしさに悲鳴を上げた。

アイシスを襲うつもりで準備万端にしてきたらしいオレストは、ズボンのポケットから缶入りの潤滑剤を取り出すと、自分自身とアイシスの襞にクリームをたっぷり塗りたくった。

すぐに体温で溶け出して、しとどに濡れる。

「服を脱いであなたを抱き締めたいのは山々だが」

情動のままなりふりかまわず行動しているようでいて、オレストは冷静さを保っていた。

「お願い、少佐……いや、嫌です……！」

一縷《いちる》の望みをかけてアイシスは泣きながら哀願し、思いとどまらせようとしたが、オレストは熱っぽい口調で、

「この一夜限りでいい。あなたを抱く」

と言うなり、猛った陰茎を挿入しようとあてがってきた。

そのとき、いきなり寝室のドアが開いた。

「そこまでだ！」

鋭い怒声と共に、銃を構えた護衛兵二人を伴ったヴァシルが飛び込む勢いで入ってくる。

オレストはその場ですぐに拘束された。こうなることも覚悟していたのか、いっさい抵抗はしなかった。

「血の繋がった従兄《いとこ》殿とはいえ、さすがにこの暴挙は見過ごしにできないぞ。俺の矜持《きょうじ》にかけてもだ。処分は追って言い渡す。それまで蟄居《ちっきょ》を命じる」

ヴァシルは厳しい口調でオレストに告げると、兵士たちに向かって命じる。

「連れていけ」

「はっ！」

オレストは兵士二人に両脇をとられ、引き立てられていった。

助かった、と安堵したのも束《つか》の間《ま》、アイシスはヴァシルに胸倉を掴まれた。

「陛下……、アアッ！」

容赦なく両頬《りょうほほ》を張り飛ばされ、シーツにしどけなく倒れ込む。

ジンジンと痺《しび》れて熱を持っている頬を押さえ、アイシスは息を詰めて憤怒にまみれたヴァシルの顔を仰ぎ見た。

明日帰国するはずだったのに今晩のうちに戻ってきたのはなぜなのか、聞きたいことはいろいろあったが、とてもそんな話ができる状況ではなかった。

ヴァシルは今まで見たこともないほど憤《いきどお》っている。気を揉んだ分、無事が確認されていっきに怒りが爆発したような感じだった。

「よくもこの私に恥を掻かせてくれたな。留守中妻に不貞を働かれるとは許しがたい屈辱だ。相応の罰は受けてもらうぞ」

そうではないと否定したかったが、否定すればオレストの咎《とが》が増すかもしれないと思うとできなかった。自分の身がどうなるかも不安だし、恐ろしいが、それ以上にオレストが厳罰に処せられることをアイシスは慮《おもんぱか》った。従兄であり親友でもある男を一時の激情で失うような裁断を下せば、ヴァシルはきっと後悔する。そうさせたくなかった。

「この者を地下牢《ちかろう》に監禁せよ」

無情な命令が発される。明らかにオレストに対する処遇よりひどかった。

アイシスは着替える暇すら与えられず、裸足《はだし》で、オレストに引き裂かれた寝間着の上にドレッシングガウンを羽織ったあられもない姿のまま、王宮の地下にある暗くて寒い牢に閉じ込められた。

*

不安と恐れに苛まれて一睡もできぬまま一晩過ごしたアイシスは、日が昇るやいなや牢から出され、ヴァシルの待つ部屋へ連行された。

ヴァシルは執務室にいた。

壁の一面を天井まで届く巨大な書棚が占め、何万冊という書物の背表紙が並んでいる。重厚な革製の美装本ばかりで壮観だった。

大きな両袖《りょうそで》の執務机の机上は、あるべきものが一ミリのずれもなく定位置に置かれているのであろう整頓ぶりで、ヴァシルの几帳面で神経質な性格が表れていた。中央には革製のマットが敷かれているだけで、文具や置物などはいっさいなく、広く場所が開けられていた。

大きく取られた窓からは清らかな朝の光が差し込み、明るい一日の始まりを予感させていたが、アイシスが今置かれている境遇は、どう考えても幸運に恵まれているようには思えなかった。

真っ白いシャツにクラヴァット、ペールグレーのズボンに黒い長靴という出で立《い》ちのヴァシルは、右手に持った道具をこれ見よがしに左手の平にパシンと打ちつけ、アイシスを怯えさせた。ヴァシルの手にあるのはパドルだ。平たい面に持ち手のついた木製の道具で、アイシスの祖国では主に親が子供にする躾《しつけ》に使われる。

「ガウンを脱いでそこに腹這いになれ」

ヴァシルは氷のように冷ややかな声でアイシスに命じた。

部屋の隅には若くてハンサムな侍従と、少し年嵩《としかさ》の眼鏡《めがね》をかけた侍従が感情を押し殺した顔つきで立っている。いずれも顔なじみの侍従たちだ。彼らの前では今までにもさんざん恥ずかしい姿を晒してきたが、罰として尻を叩かれる様を見られるのは、男たちに嬲られるときの痴態を見られるのとは別の恥ずかしさがある。

アイシスは唇を噛んで羞恥に耐え、命じられたとおり執務机の中央に腹這いになった。机の高さはアイシスの足の付け根より少し高いくらいで、幅は上体をゆっくり預けられるほどあった。そこに腹這いになると、ヴァシルに向かって尻を差し出す格好になる。

「ひどい有様だな」

ヴァシルは嘲《あざけ》るように言い、室内履きすら履くことを許されずに地下牢からここまで歩かされてきたアイシスの汚れた素足を長靴の爪先《つまさき》で軽く蹴る。

「開け。肩幅より広く」

アイシスはこくりと喉を鳴らし、恐怖に震えながら従った。

あちこち裂けた薄地の寝間着の裾を無造作にたくし上げ、何もつけていない裸の尻を露《あらわ》にされる。足を開かされているため、切れ込みの浅い双丘が割れて、恥ずかしいところが丸見えになっている。そこは昨晩オレストに施された潤滑剤が拭き取られることなく乾いており、どれほど猥《みだ》りがわしい状態になっていることか想像しただけで泣きたくなる。

「正直に答えろ。昨晩ここに少佐の立派なものを挿れてもらったか？」

「いいえ」

アイシスは精一杯毅然《きぜん》とした声ではっきりと否定した。

「寸前でした。本当です」

重ねて言う。

ヴァシルはふんと鼻であしらい、アイシスの言葉を信じるとも信じないとも言わずに、パドルを振るい始めた。

容赦のない打擲《ちょうちゃく》が繰り返し見舞われ、肉を打つ派手な音が室内に響き渡る。

「ああっ」

「ひっ、あぁぁ」

はじめのうちの何発かは声を抑えられたが、四発五発と叩かれるにつれ、痛みが激しくなってきて、悲鳴を上げずにはいられなくなった。

僅かでも尻を動かして避けようとすると、次の一打はそれを罰するように苛烈《かれつ》になる。

火がついたような熱に包まれた尻は、すでに真っ赤になっているだろう。

ヴァシルは十回叩いてパドルを床に投げ捨てた。

だが、それだけではアイシスを許さず、侍従にキャビネットの引き出しにしまってある箱を持ってくるよう指示した。

熱と痛みに苛まれる尻を晒したまま机に腹這いになっているアイシスには、侍従が恭しくヴァシルに箱の中身を差し出す気配を感じただけで、中身は当然わからなかった。

「装着する前に、清めて濡らし直してやれ」

ヴァシルがさらにもう一人の侍従に向けて命じる。

それを聞いてアイシスにも何をされるのか朧気《おぼろげ》ながら想像がついた。

若くハンサムな侍従が、アイシスの内股と後孔まわりの汚れを蒸したタオルで丁寧に拭き取り、さらさらした感触の潤滑剤を襞に垂らす。二本の指で引き延ばすように穴を開かれ、スポイトのようなものを差し入れて奥にも流し込まれた。

尻を叩かれ、後孔を弄られたことで、アイシスの前ははしたなく芯を作り始めていた。罰を受けている最中に勃《た》たせるなど、あさましい限りだ。自分で自分が嫌になる。侍従の青年はもちろん、傍らで準備の様子を見ていたヴァシルも気づいただろうが、ヴァシルは珍しく揶揄しなかった。

侍従がアイシスの前から退《ど》くと、ヴァシルは自らの手でアイシスの後孔に水晶を男根の形に削りだしたディルドォを挿入した。挿れる前にヴァシルはわざわざアイシスの目の前にディルドォを翳《かざ》し、大きさと素材、そして本物そっくりの緻密《ちみつ》な造形を見せつけた。

「ああ、あっ、あっ」

グググ、と無理やり奥まで押し込み、狭い器官をみっしりと埋められ、アイシスは背中を弓形《ゆみなり》に反らせて悲鳴を上げた。

およそ一週間ぶりに奥を擦られ、飢えていた体が冷たく硬い無機質なものでも嬉々として受け入れる。いいところを突かれて、思わず艶っぽい嬌声を洩らしてしまった。

「そんなにここが寂しかったのか。淫らなやつめ」

ヴァシルは呆《あき》れたようにアイシスを罵ると、今度は仰向《あおむ》けになれと命じてきた。

まだ何かされるのかと不安に駆られつつ、アイシスは執務机の上に上体を預けたまま体を反転させた。

仰向けになると、股間の昂りが一目瞭然《いちもくりょうぜん》で恥ずかしい。叩かれて熱を帯びた尻が、机の端に触れるのも辛かった。

だが、次に待っていたのは、さらに酷《ひど》い仕打ちだった。

若い侍従が目を背けながらアイシスの猛った陰茎を恭しく持ち上げる。

眼鏡をかけた侍従がヴァシルに渡したのは、潤滑剤を入れたガラス瓶に挿《さ》された金属製の細い棒だった。長さは二十センチほどで、持ち手側の先端にT字型の飾りがついている。細い棒全体は螺旋《らせん》状に捩れていて、潤滑剤が絡みやすくなっていた。

ヴァシルがこれをどこにどう使うつもりなのか、アイシスは一瞬にして悟り、あり得なさに真っ青になった。

「やめて、お願いです、陛下。それだけは嫌、嫌です！　お願い、許してくださいっ」

「動くな。暴れると傷つくぞ」

ヴァシルは恐慌を来して哀願するアイシスを一顧だにせず、ふるふると震えおののく頭頂部の隘路《あいろ》に、捩れた棒の丸く加工された先端をずぷっと差し込んだ。

「ひいいぃ……っ、あ、あ……ううっ」

そのまま無情に金属棒をじわじわと根元まで進められ、アイシスは顎《あご》を仰《の》け反《ぞ》らせ、机の上を虚《むな》しく爪でひっかきながら泣き叫んだ。

前も後ろも塞がれたアイシスは、起き上がる気力もないほどぐったりとしていたが、侍従たちに両脇を支えられるようにして立たされた。

「仕上げはこれだ」

ヴァシルの指示で、侍従がアイシスに男性用の貞操帯を装着させる。

革製の、体をぴったりと押し包む窮屈なもので、しっかりと鍵がかけられた。

「今日からしばらくそうして過ごせ。ふしだらな妻には似合いの姿だ。夜には外してやるが、朝が来たらまた着けさせる」

「そんな」

許してください、とアイシスは懇願したが、ヴァシルは耳を貸さず、

「夜にまた一つ贈りものをしてやるから楽しみにしているがいい」

と、アイシスをなおも怯えさせる。

これ以上はもう無理だ、とアイシスはヴァシルの足元に縋りついて許しを請いたかったが、

そんなことをしてもヴァシルは聞く耳を持たないだろう。かえって機嫌を悪くして、もっともっとひどいことをされるのがオチだという気がして、言葉を呑《の》み込んだ。オレストのほうは今どうしているのかも気がかりだったが、それこそ口にするのも憚られる。

ソファに座らされて、破れた寝間着を脱がされ、蒸したタオルであらためて全身を拭いてもらう。ヴァシルは侍従たちに甲斐甲斐しく世話を焼かれるアイシスを、執務机の椅子《いす》に座って見ていた。

「今宵の晩餐は、おまえにも席を用意してやる。いつものとおり美しく装って俺の目を愉しませろ」

「……はい。仰せのとおりにいたします」

アイシスは乳首にビリッと疼痛《とうつう》が走ったような錯覚を受けつつ、謹んで招待を受けた。

王宮での家族団欒《だんらん》の場である晩餐のテーブルにつくように言われたのは初めてだ。女装は辛く、食べ物もほとんど喉を通らないので、素直に喜ぶのは難しかったが、ヴァシルの命令には背けない。

夜にまた一つ贈りものを、と言う言葉が頭にこびりついて離れなかった。

*

後孔を埋める水晶のディルドォと、尿道を貫《つらぬ》く金属棒、体に食い込む貞操帯という三重苦に、アイシスはどうにか耐えて朝から夕刻まで過ごした。

その頃には既に、前も後ろも辛すぎて音を上げかけていたが、試練はむしろこれからだった。今宵はヴァシル以下、謹慎中の第七妃を除くすべての妃たちが列席する晩餐に、初めてアイシスも同席するよう求められたのだ。

あらかじめ命じられたとおり、アイシスは時間になると侍女たちの手でここぞとばかりに美しく飾り立てられた。

いつものごとく乳首をクランプで噛まれて胸を作られ、気絶しそうな痛みに苛まれつつ長いテーブルの末席に着く。しきたりどおりアイシスは皇妃以外の九人の妃たちの最後に席に座り、ヴァシルが皇妃をエスコートしてきて上座に着くのを待つ。

どの妃も競うように着飾っていた。

アイシスはひたすら圧倒され、ここは自分などがいていい場所ではないのではと肩身の狭い思いを味わいつつ、目だたないように俯いていた。この感覚は、祖国で父王たちと共に朝晩食事を共にしていたとき、しょっちゅう経験していたものと同じだ。

ここでもアイシスは、他の妃たちからあたかもそこにいないものとして無視される。誰もアイシスに話しかけない。だが、気にはされているようで、ちらちら、ちらちら、とあちこちから品定めするように視線を注がれ、居心地の悪さがいや増した。

しばらくして、皇帝夫妻の到着が侍従長によって厳《おごそ》かに告げられた。妃たちはいっせいに立ち上がり、ドレスの裾を摘んで深々と腰を折る。アイシスも皆に倣《なら》って、ヴァシルと皇妃が晩餐室に入ってきて席に着くのを見届けた。

他の妃の装いも立派だが、皇妃の出で立ちは目を瞠るほど豪奢《ごうしゃ》だった。皇妃もそれがわかっているようで、周囲を見渡して、いかにも満悦したように微笑む。

しかし、アイシスだけは、この場にいること自体が気に入らないかのように、ジロジロとドレスの胸元を見つめ、細くした眉をあからさまに顰めた。男の妃が女装する必要があるのか、とでも言いたげにヴァシルに不服そうな視線を送る。ヴァシルはそれを気づかなかったかのごとく無視した。

食事が始まっても、アイシスはほとんど皿に手をつけなかった。

「アイシス」

ヴァシルがおもむろに声をかけてきて、それまでとりあえず和やかな雰囲気だった場が、一瞬にして緊張した。

最初アイシスはなぜなのかわからなかったが、すぐに、この一語が今夜ヴァシルがこの席で発した第一声なのだということに気がつき、この不穏な空気は妃たちの嫉妬と羨望によるものなのだと察した。さらに言えば、アイシスはまだ知らなかったのだが、晩餐の席でヴァシルが最初に話しかける妃は、今宵の伽《とぎ》を申しつけられたことになり、場が緊張したのはそのためだった。

「また食が進んでおらぬな。そういえば顔色も優れないようだが」

ヴァシルは何もかも承知しておきながら、わざとアイシスにそんなふうに話しかけ、ほかの妃たちの嫉妬を煽る。アイシスには針の筵《むしろ》にも等しかった。

「お気遣いいただきまして申し訳ございません」

アイシスはぎこちなく返事をした。

こうして妃たちの前で気まずい心地を味わわされることが「もう一つの贈りもの」と言っていた意地悪なのかと恨めしく思っていたが、そうではなかった。

食後のコーヒーがそれぞれの手元に配られたところで、ヴァシルは妃一人一人に、友好国から持ち帰ってきた土産の品を渡し、その場で開けさせ始めた。

「まぁ。素敵ですわ。陛下、どうもありがとうございます」

「身に余る光栄にございます」

皆それぞれに素晴らしい品を贈られ、声を弾ませる。先ほど一瞬、ヴァシルがアイシスに一番に話しかけたことで鼻白んだ雰囲気になったのも、これで帳消しになった感があった。

「最後にアイシス、そなたにはこれを受け取らす」

アイシスが受け取った小箱に入っていたのは、金のリングに紫水晶とダイヤがあしらわれた見事な細工のピアスだった。大きなものが一揃いと、小さなものが一揃い、台座にのっている。ここでは紫色の水晶は大変希少なもので、殊にこのピアスに用いられているもののような大きさと輝きを持つ石はめったに採れない逸品だ。アイシスの髪と瞳同様、帝国では奇跡の色だと言っても過言ではない。

まぁ、と妃たちから羨望の声が上がった。

「皇妃様がお受け取りになったルビーに勝るとも劣らない品ですこと」

誰かがうっかり洩らした言葉に、皇妃の頰がピクリと引き攣る。

「ありがとうございます」

アイシスは急いでヴァシルに礼を言い、この場を取り繕おうとした。

ヴァシルは酷薄な微笑を浮かべ、

「あとで私が直接おまえにつけてやろう」

と意味深なセリフを吐くと、先に席を立ってさっさと晩餐室から出て行った。

「陛下は相変わらずアイシス様がお気に入りですこと」

「新婚ですもの。それに、男のお妃様ですから、目新しいだけでは」

妃たちがアイシスに聞こえよがしに当て擦りを言う中、皇妃は唇を嚙み締めて拳《こぶし》を震わせていた。憤懣《ふんまん》が抑えがたく膨らむのを、どうにかやり過ごそうとしているかのようだった。

アイシスは皇妃の心境を推し量って気が気でなかった。

妃同士の人間関係は複雑なようで、アイシスには誰とどう関わっても自分が揉め事の発端になりそうで、身動きが取れない。

やはりこうした席にはもう加わらないほうがいいと痛感した。

皇妃には特に、他の妃たちとはまた違う、別格の立場があるため、アイシスばかりにかまうヴァシルの態度は許しがたいものがあるだろう。

ふと、どこからか耳に入ってきた、下世話な噂が脳裡を過《よぎ》る。

それによると、ヴァシルは皇妃とは皇太子を設けて以来ずっと同衾《どうきん》しておらず、諸外国訪問中もおそらく一度として褥《しとね》を共にはしていないだろう、とのことだった。それがもし事実だとしたら、いかにも気位の高そうな、ヴァシルより五つも年上の皇妃にはさぞかし屈辱だったに違いない。

人の心を甘く見て、蔑《ないがし》ろにすると、そのうち手痛いしっぺ返しを食う気がする。

アイシスはヴァシルの無頓着さが心配で、後で罰を受けてもいいので、機会があれば話してみようと思った。

*

晩餐の席から、歩くのもやっとのていたらくで自室に戻ると、侍女たちが「お急ぎくださいい」と湯浴《ゆあ》みの用意をして待ち構えていた。

ドレスを脱がされ、コルセットやパニエ、乳首を締めていたクランプなど、身に着けていたものを取り払われる。ヴァシルから鍵を預かった侍女の手で貞操帯も外された。

ただし、後孔と陰茎を塞いだものには触るなと命じられているらしく、侍女たちはそこは避けてアイシスの体を綺麗に洗い流し、温まった肌に香油を塗って磨き立てた。

隘路に通された金属棒のおかげで猥りがわしく屹立《きつりつ》させたままの陰茎を見られ、アイシスは羞恥に何度も唇を噛んだ。侍女たちが淡々と、顔色一つ変えずに手際よく仕事をこなすのだけが救いだった。

透けた寝間着を着せられ、絹のドレッシングガウンを羽織った姿で寝室に行くと、夜着姿のヴァシルがベッドに上がって待っていた。クッションに背中を預け、暇潰しに書物を膝の上で開いている。

天蓋の支柱に纏められた緞帳の陰になっていて傍に行くまで見えなかったが、ベッドサイドのチェストの上には、晩餐のとき受け取ったヴァシルからの贈りものが載せてあった。リボンを解いて中身をあらためたあと、「お預かりいたします」と侍女に言われて渡した、ピアス入りのビロードの箱だ。

寝室の扉近くの壁際には、腕の立ちそうな近衛《このえ》の上級士官が制服姿で一人立っている。侍従ではなく軍人がこんな所にまで入り込んでいるのは珍しく、アイシスはまた嫌な予感をふつふつと湧かせ、動悸《どうき》がしてきた。

もう自分以外の男に嬲らせるのはやめたのかと思っていたが、昨日のオレストの一件でまた気を変えたのだろうか。ヴァシルに頼まず、アイシスを勝手に抱こうとしたオレストに対する当てつけで、他の軍人にあえてアイシスを陵辱させるのは、ありそうな気がした。オレストが知ったなら、己の愚行に歯軋《はぎし》りし、激しく後悔するだろう。

「何をしている。さっさとここに来い」

口髭《くちひげ》を蓄えた近衛兵に気を取られ、しばらくベッドの傍に立ち尽くしていたアイシスを、ヴァシルが苛立った声で呼ぶ。

アイシスがベッドに上がっていくと、ヴァシルは壁際に立つ近衛兵にも「これへ」と声をかけた。ハッとしたアイシスが身を捩る間もなく、背後から力強い腕で羽交い締めにされていた。両腕はアイシス自身いつそうなったのかわからなかったくらいの早業で背中に回されて片手で一纏めに拘束されており、気づいたときにはもう動かせなかった。

背中を近衛兵に預け、膝で曲げた足を横に流してベッドの上に座る形で、アイシスは押さえつけられた。

「な、なにを……」

アイシスは体の自由を奪われるのが一番怖い。

決して逆らわないので放してください、と哀願する気持ちを込めてヴァシルを見たが、ヴァシルから返ってきたのは非情な一蹴だった。

「おとなしくしていればすぐに終わる」

ヴァシルは酷薄な薄笑いを口元に刷《は》き、近衛兵に指示してアイシスの体を自分に対して真正面に向けさせると、わざと長く恐怖を味わわせるように寝間着のボタンを一つ一つ外していって、少しずつ胸板をはだけさせた。

「さっきおまえに受け取らせた土産の品は、隣国の総督から結婚祝いにともらったものだ。どこにつけさせるかは俺の自由だと言っていたが、一目見たときから俺の心はすぐ決まった。おまえもきっと気に入るはずだ」

金の土台にダイヤと紫水晶をあしらった希少な価値の大小二組のピアス。あれをヴァシルがどこにつけさせるつもりなのかこの瞬間に理解して、アイシスはみるみる身を硬くした。

できることなら、なりふりかまわずひれ伏して慈悲を乞いたい。それだけは許してくださいと頼みたかった。だが、これは単に淫靡な贈りものを授けられようとしているわけではなく、昨晩の一件に対する罰なのだとアイシスも重々弁えていた。

肌が透けるほど薄い生地の寝間着が腹のすぐ上まで開かれ、両肩を剝き出しにして肘《ひじ》まで剝ぎ下ろされる。腫れぼったく膨らんで突き出した乳首が露になって、思わずアイシスは硬く目を瞑った。

これからされようとしていることを想像すると、恐ろしくて、何もされないうちから泣いたり叫んだりしてしまいそうだった。

「そういえば、久しぶりのドレス姿、美しかったぞ」

ヴァシルはふと思い出したように言い、満足そうに微笑しながら褒める。

「皆、おまえの胸と腰に釘付けになっていた。俺はたいそう鼻が高かった。そのうちほかの妃たちもあの作りものの胸を競って衣装に取り入れるようになるだろう。おそらく留め方はもっと工夫するだろうがな」

「お喜びいただけて、光栄です」

そのためにアイシスはナイフを持つ指にも力を入れられないほど辛い思いをしたのだが、ヴァシルにはそんなことはどうでもいい話だ。

「さて、そろそろ時間だな」

ヴァシルが意味深な流し目を寝室の出入り口に向ける。

ほぼ同時にコツコツと扉がノックされ、白衣姿の医師が入ってきた。

「先生、まずはここだ」

ベッドの傍に来た三十代後半と思《おぼ》しき男性の医師に、ヴァシルがアイシスの胸に顎をしゃくって教える。

「畏《かしこ》まりました。少々失礼いたします、十二妃様」

一言断りを入れると、医師は機械を扱うような無造作な手つきでアイシスの胸に薄いゴム手袋を嵌《は》めた指を伸ばしてきた。

晩餐がすむまでの四時間近くアイシスを苛んでいたクランプを、ほんの一時間前に外されたばかりの乳首は、まだ腫れていて、見るからに痛々しく赤らんだ状態だった。

それを斟酌《しんしゃく》もせずにキュッと強く摘み上げ、大きさと硬さを確かめる。

「ひっ……！　あ、あっ」

アイシスは飛び上がるほど痛くて涙を零した。いよいよだと思うと、怖くて全身が小刻みに震え、止まらない。

それをヴァシルは感情を押し殺した頑なな表情で見ている。あえて憐憫《れんびん》を感じまいと己を律しているかのようだった。ヴァシルの高い矜持が、苛ついた目にほのかに表れていた。

「少し染みて冷たいかと存じますがご辛抱ください」

医師は医師で、感情の籠もらない声音と、極めて事務的な手つきで準備を進めた。

アルコールを染みこませた綿で両の乳首を消毒する。

「ひうっ」

少しどころではなく染みて、アイシスは嫌々をするように首を振る。

そのまま僅かに項垂《うなだ》れさせたが、すぐに背後にいる近衛兵に首を支えて擡げられた。髪も邪魔にならないように一筋も余さず肩から後ろに集められる。

施術するのは医師かと思っていたが、ずらりと並んだ様々な長さと太さの針の中から一本を選んだ医師は、それをまずアイシスの左の乳首にピタリと狙い定め、

「ここです」

とヴァシルに教えた。

「わかった」

ヴァシルはしっかり位置を確かめ、頭に刻み込むと、医師と同じ手袋を嵌め、蠟燭の火で炙《あぶ》って十分に滅菌処理された針を受け取った。

左手で乳暈《にゅううん》を広く摘んで寄せ、尖った乳首を括り出す。

「……あ、あ……いや、いや……！」

アイシスは激しく震えながら覚束なげに首を振り、睫毛を瞬《しばた》かせて目から涙の粒を零した。

「動くな」

ヴァシルはアイシスを無情に叱ると、思い切りよく針を一気に乳首の横側に突き刺した。

「ひぃぃいぃっ……！」

貫かれた瞬間、アイシスは自分のものとも思えない獣じみた悲鳴を放つと、激痛と恐怖で精神の糸を断たれ、ガクッと頭《こうべ》を垂れて失神した。

気を失っている間に穴開け用の太い針は引き抜かれ、素早く大きいほうのピアスの金環部分を傷口に穿たれる。装飾用にあしらわれたダイヤを嵌めた土台がネジになっており、そこを外して金環を通したあと、再び締めて元通りにする仕組みだ。

アイシスはこのときの強烈な痛みで、強引に意識を引き戻された。

何がなにやら己の身に起きた状況を把握しきれずにいるうちに、間髪《かんはつ》を容《い》れずにもう一方の乳首にも針を刺され、ピアスを通される。

「くううっ、ああ、あっ」

全身に鳥肌を立てて気持ちの悪い汗を吹き出させ、アイシスはぐったりと力なく近衛兵の胸板に凭れかかった。

ずるずると背中を滑らせていき、しまいには、あぐらを掻いた近衛兵の太股に頭を乗せ、シーツに手足を伸ばしてしどけなく仰臥《ぎょうが》する形になる。

うっすらと血のついた両胸は、火で直《じか》に焼かれているかのごとく熱を孕《はら》んで痛み、触れてみようなどとは考えもしなかった。医師に消毒されるのすら嫌で、さんざん抵抗した挙げ句、近衛兵に両腕を押さえつけられて無理やりされた。

目は虚ろに見開いたままで、薄く隙間を作ったまま閉じきれずにいる唇の端からは、唾液が透明な糸を引くように垂れていた。それを拭う気力もない。

「約束どおりこれは抜いてやろう」

ヴァシルはアイシスを少し休ませたあと、両脚を抱え上げて、腰が浮くほど体を折り曲げさせた。

朝からずっと後孔に収めさせられていた水晶のディルドォを抜かれ、代わりにヴァシル自身が押し入ってきた。

「うう……っ！　あっ、あぁぁっ」

冷たく硬い異物とはまるで違う、熱く躍動的に脈打つ生の証《あかし》そのもののような陰茎を穿ち直され、アイシスは辛かったことも、今も胸を苛んでいるひどい痛みも一瞬忘れ、歓喜に満ちた嬌声を上げた。

「あぁ、陛下。ヴァシル様」

アイシスは感極まってヴァシルの名を呼ぶと、両腕を着衣のままの背中に回して、柔らかな夜着に指を滑らせた。

「どうした。よほど辛くて、憎い俺にでも縋らずにはいられなくなったのか」

ヴァシルは自嘲するように嗤って、アイシスの顔にキスをする。

汗びっしょりの額にも、涙でぐしょぐしょに濡れた頬にも、躊躇うことなく唇を落としてきた。

「……う、動いて、ください。もっと」

アイシスは情欲に突き動かされ、羞恥に頬を染めつつ求めた。

「好きか、これが」

「はい」

正直に答える。

ふん、とヴァシルはまんざらでもなさそうに唇の端を上げた。

じっくりと、熟しきった後孔を味わい尽くすように腰を動かし、はち切れそうに嵩を増した陰茎を抜き差しする。

蕩《とろ》けた内壁を擦り立てられ、様々な角度で浅いところや奥まった部分を突かれ、アイシスは惑乱するほど感じて上り詰めた。

陰茎には捩れた金属製の棒が入ったままだったが、精路を封じられたせいで行き場をなくした快感が暴れ狂い、最後は射精なしの法悦をアイシスにもたらし、極めさせた。

頭の芯が痺れて、意識が朦朧とするほどの悦楽に身を委ね、弛緩した体をシーツにしどけなく仰臥させたまま喘ぎ続けるアイシスに、ヴァシルは仕上げだと呟いて、医師と近衛兵に顎をしゃくった。

指一本動かすのも億劫《おっくう》なほど疲労困憊《こんぱい》しているアイシスは、もはや抗う気力もなかった。

両腕を近衛兵にがっちりと押さえつけられ、両脚には医師が太股に馬乗りになり、身動きできなくした上で、今度は医師の手で陰茎に二箇所ピアスを施された。バール型の小さめのピアスを、亀頭の下の括《くび》れに一つと、陰茎の根元に一つつけられる。

アイシスは一つ目の穴を開けられたとき、絶叫を上げて失神し、次に気がついたときには、二つともつけ終わったあとだった。

想像以上の淫虐に昂奮し、欲情したヴァシルが、アイシスの後孔を荒々しく犯していた。

「気がついたか」

ヴァシルは容赦なく腰を動かしながら、アイシスの体中をまさぐり、抱き竦め、キスをしまくった。

行為自体は残酷だが、初夜の頃にはまったく見せなかった激しい執着と濃い情を、アイシスはヴァシルの熱を帯びたまなざしと行為の中に感じた。

どれほどひどいことをされても、アイシスはヴァシルを嫌いにはなれない。

恨むこともできない。

たぶん、愛している――そう思うのだった。

アイシスは結局三日にわたり、金属棒とディルドォを前後に挿れて貞操帯を装着されるという淫らな罰を受けた。

その後、それらはすべて許されたが、乳首と陰茎に開けた傷が癒え、ピアスをつけるための穴がある程度定着するまで、一月以上辛い思いをさせられることになった。

オレストは一ヶ月の停職と自宅謹慎ですんだが、ヴァシルに「二度と不埒なまねはしない」と誓約書を書かされ、破れば次は国外追放処分だと言明された。当然、今後ヴァシルの許可なく個人的にアイシスに近づくことは禁じられた。

オレストに科された罰の詳細を知ったアイシスは、ひとまず胸を撫で下ろした。

ヴァシルはこの一件を内輪で処理し、司直にオレストを引き渡さなかった。いわば穏便にすませたのだ。そのため、科せられたのは刑ではなく罰だった。

厳罰が下されなくてよかったと、アイシスは心の底からヴァシルの温情ある沙汰《さた》に感謝した。オレストを惑わせたのが自分だとすれば、彼の人生を取り返しのつかないことにせずにすんで幸いだった。万一そうなってしまっていたら、アイシスには責任の取りようがなく、アイシス自身一生苦しみ、後悔し続けることになっただろう。

穿ちすぎかもしれないが、ヴァシルはそうしたアイシスの気持ちにも配慮して、今回の沙汰を決めたのかもしれなかった。

相変わらずヴァシルは暇を見つけてはアイシスの許に夜毎やってきて、朝までアイシスを抱いて過ごす。

ときには抱かずに黙って同じ部屋にいて、互いに干渉し合わず思い思いに過ごすこともある。本を読んだり、カードで一人遊びをしたり、詩を書いたり、といったふうだ。用がなければ話しかけることはなく、室内は静かだ。ときおり聞こえてくるのは、ページを捲る音やカードを切る音、ペン先がカリカリと紙を引っ掻く音くらいのもので、耳を澄ませば相手の息遣いや、ふとしたときに洩らされる吐息さえ感じられるときがある。

なぜわざわざアイシスの所へ来て、一人でできることをするのか、アイシスにはヴァシルの気持ちは今ひとつ推し量れない。

とはいえ、それは奇妙だが心地のいい時間だった。

「おまえも飲むか」と杯《さかずき》を差し出され、一緒に酒を飲んで静かに過ごした夜もあった。暖炉の火が薪《まき》を弾《はじ》いてパチパチと燃える音を聞きながら、温めた葡萄酒《ぶどうしゅ》を飲んだ。春間近にもかかわらず、窓の外ではしんしんと雪が舞い降りていて、綺麗だが寒そうだった。

「故郷を思い出すか」

珍しくヴァシルがそんな質問をしてきた。

アイシスは少し返事を迷った末に、

「……はい」

と答えた。

アイシスの祖国は一年の三分の二が雪と氷に閉ざされている寒い地だ。雪は当然祖国の記憶を誘発するが、アイシスにとってはあまりいい思い出のない十八年間だったので、郷愁を誘うかと言われると微妙だ。

すぐに返事をせずに躊躇う間を作ったことと、複雑な感情の交錯が声音から感じ取れたのか、ヴァシルはそれ以上この話題には触れてこず、あとはずっと黙って杯を傾けていた。

言葉を交わさずとも、相手の考えていることが察される——そんな満ち足りた感覚を味わえた貴重なひとときだった。

少しずつ、少しずつ、二人の関係性に変化が生じていることを、ヴァシルもアイシスもそれぞれに感じていた。一つ具体的な例を挙げるとすれば、肉欲よりも精神的な愛情が勝りつつあることだ。

ベッドでの行為も甘やかで無理のない形を取ることが増え、結婚当初は明らかに陵辱だったのが、このところ逆に初々しい営みをすることが多くなってきた。

ヴァシルに後孔を擦られて達するたびにアイシスは、肉体的な快感もさることながら、好

きな人と一つになる感覚にどうしようもなく気持ちが昂揚し、幸せを感じて泣きそうになる。肌と肌を隙間なくくっつけ、恥ずかしい場所を広げて相手の生々しく脈打つ熱いものを受け入れて繋がるたびに、アイシス一人の都合のいい妄想かもしれないが、心も結ぶことができた気がする。

ヴァシルのほうもアイシスと過ごす時間が案外気に入っているようだ。

日に日にアイシスにかまう時間が増えていて、暇さえあれば部屋を訪れたり、お茶や散歩に誘い出す。一日一度は顔を見なければ落ち着かないようで、公務が忙しくて会えない日が三日も続くと、日が経つにつれてあからさまに機嫌を悪くしていくので、周囲もなにかと気を遣うようだ。

ときどき我に返ったようにアイシスに冷たくするが、皇帝としてのプライドや、ヴァシル自身のあまのじゃくで意地っ張り、負けず嫌いな性格がそうさせるだけで、本心とは裏腹にそっけない振りをしているだけだ。その証拠に、贈りものをしたり、外に連れ出したりする機会が増えた。どうすればアイシスを喜ばせられるのか、密かに心を砕いているのだ。

「おまえは馬に乗れるのか」

「はい。嗜《たしな》みます」

春になって天気のいい日が続くようになると、ヴァシルはアイシスを遠乗りに誘ってきた。ヴァシルは、人間よりも動物と一緒いるほうが安らぐ、と常日頃から口にするほど動物好きで、ことに馬は格別愛おしんでいる。以前は、妃たちの寝室に行く暇があれば厩舎《きゅうしゃ》で愛馬たちの様子を見ていたい、などと平然と言って、侍従たちを困らせていたほどだ。

手入れと調教の行き届いたヴァシルの持ち馬八頭は、いずれ劣らぬ名馬だ。そのうちの一頭を、初めて一緒に遠乗りに出るとき、ヴァシルはアイシスに譲った。

「この白馬は素直な気質でとても利口だ。まだ若いので若干臆病だが、これから経験を積ませれば問題なく優秀な乗馬用の馬になるだろう」

「本当に、私がいただいてしまってもよろしいのですか」

厩舎で一歳半の雌《めす》の白馬と引き合わされたとき、アイシスは畏《おそ》れおおさに尻込みした。息を呑むほど綺麗で立派な馬だった。筋肉の付き方や脚の形、毛並みの美しさ、賢く優しそうなまなざしと、どこをとっても非の打ち所がない。ヴァシルが愛情を注いで世話していたことが察せられ、気易くもらっていいものかどうか躊躇われた。

「いい馬だが、俺には少し小柄で優雅すぎる。おまえのほうがこいつには似合いだ」

ヴァシルはぶっきらぼうに言うと、さっそく馬丁に鞍《くら》をつけさせ、

「乗ってみろ」

と促《うなが》した。ヴァシル自身も栗毛の三歳馬にひらりと跨《また》がる。乗馬服に身を包み、馬上で手綱《たづな》を取るヴァシルは、気品に満ちて凛然《りんぜん》としており、アイシスは思わず目を細めて見惚《みと》れた。揃いの乗馬服を着てヴァシルの隣に馬を並べるなど、世界中からやっかまれそうだ。

足元で、どこからともなくやって来た黒猫のレノスが、ニャアと抗議するように鳴いた。

「ふん。おまえも一緒に来たいのか」

ヴァシルはレノスを見下ろし、可愛くて仕方なそうに頰を緩めると、従者にバスケットに入れてレノスも連れてくるよう命じた。従者は三人同行するが、そのうちの一人は荷物を積んだ馬車で来る。レノスはそこに同乗することになった。

行き先は王宮の敷地の一角に広がる森だ。森の中に大きな湖があって、その湖畔にヴァシルが「四阿《あずまや》」と呼ぶ離宮が建っている。

一行は十時過ぎに遠乗りに出発した。

森まではなだらかな丘陵地が続く。ここも含め、目指す森の果てまでが王宮の庭だ。森の果ては切り立った崖《がけ》で、下からよじ登ってくることは不可能だ。森は完全に皇帝一族と野生の動植物だけが立ち入れる領域だった。

久々の乗馬が早駆けの遠乗りで、アイシスはヴァシルについていくのに必死だった。はじめのうちはアイシスの腕を見る感じで手加減していたヴァシルも、思っていた以上にアイシスが達者だとわかると、本来のペースで駆けだした。

森の中には馬車が余裕で通れるだけの道が踏みならされているので、そこから外れさえしなければ迷う心配はなさそうだったが、ヴァシルの姿を見失うのが嫌で初乗りの白馬を懸命に駆った。白馬は健脚で、悠々とヴァシルの乗った馬を追って走る。アイシスは振り落とされないように両股でしっかりと鞍を挟み、手綱をぐっと握り締めた。

鬱蒼《うっそう》とした木立《こだち》の中を抜け、木漏れ日が差し込む大木の袂《たもと》で途中少し休憩すると、そこからおよそ三十分馬を走らせて、ようやく目的地に着いた。

森が途切れ、視界がいっきに開ける。

ヴァシルに倣って湖畔で馬の脚を止めたアイシスは目を瞠り、わぁ、と感嘆の声を上げた。

「湖が珍しいか」

ヴァシルが馬を寄せてきて、からかうようにアイシスの顔を見る。

「こんなに大きな湖は初めて見たので……」

はしゃいでしまってすみません、とはにかんで、恥ずかし紛れに乗馬用の帽子を取ってこめかみに浮かんだ汗をハンカチで押さえる。

「あれが『四阿』だ」

ヴァシルは手に持っていた鞭《むち》で湖畔に建つ石造りの城館を示す。

古色蒼然《こしょくそうぜん》とした趣《おもむき》深い建築物で、蔦《つた》の絡まった壁が森の雰囲気と合っていて、自然と一体化しているように感じられる。

「あそこで昼を食べたら、鳥撃ちに行く。おまえは猟銃を扱ったことはあるか」

「いいえ。見たこともありません」

「今日はおまえにとって初めて尽くしの一日だな」

好きな馬と久々に遠出ができて嬉しいのか、普段は気難しげな仏頂面《ぶっちょうづら》をしていることの多いヴァシルが、今日は頻繁に笑顔を見せる。揶揄や皮肉交じりのそれではなく、心から愉しんでいるのがわかるいい笑顔だ。

「従者たちは真っ直ぐ『四阿』へ向かった。昼の準備が調ったら誰かが呼びに来るだろう」

ヴァシルは栗毛の馬から身軽に降りると、「そのまま少し待っていろ」とアイシスに一声かけてから、近くの木に馬を繋いできた。

補助がなくても一人で降りられたが、せっかくヴァシルが両腕を差し伸べてくれたので、甘えることにした。

左足を鐙《あぶみ》にかけた状態で右足を上げて馬の背を跨ぎ、両脚を馬の左側に揃えてから、鞍に預けた腹で体重を支え、鐙から左足を離す。普通そのまま地面に飛び降りるところを、ヴァシルが背後から腰を抱いて降ろしてくれた。

すらりとしているヴァシルだが、つくべきところにきっちりと筋肉がついており、腕も腰も力強い。着痩《きや》せして見えるが、脱ぐと胸板も腹も綺麗に割れている。

「すみません。ありがとうございます」

ヴァシルの筋肉の動きを乗馬服越しに感じ、アイシスは胸をドキドキさせていた。

「向こうに俺の好きな場所がある」

そう言ってヴァシルはさっさと歩きだす。

アイシスは背中で三つ編みにされた髪を揺らしながら早足でヴァシルを追いかけた。

ヴァシルの好きな場所は、巨木の木陰だった。とてつもなく太い幹を持つ木で、頭上はその木の枝と葉で天井があるかのごとく覆われている。樹齢も相当なものだろう。巨木は枝と葉の天蓋が及ぶ範囲に他の木を寄せつけず、木陰はちょっとした広場になっている。葉と葉の間から木漏れ日が差し込むため、乾いた地面には短い草が絨毯《じゅうたん》のように生え揃っており、寝転がると気持ちよさそうだ。風の通りもいい。木の幹に凭れて読書を愉しむのにもうってつけだと思われる。

「素敵な場所ですね」

アイシスもすぐにここを気に入って、声を弾ませた。

幹に背中を預けて地面に腰を下ろしたヴァシルが、誘うようにアイシスを見る。見えない糸に手繰《たぐ》り寄せられる心地でアイシスはヴァシルの傍らに行って膝を突く。

タタタタ、と黒いものがアイシスの視界の端を横切ったかと思うと、黒猫のレノスがアイシスと張り合うかのごとくヴァシルの膝に前脚をかけて、小さく鳴いた。

「勝手にバスケットから出てきたのか」

ヴァシルは呆れたようにレノスを渋面で見下ろすが、実際はまんざらでもなさそうだ。すぐに破顔する。レノスもここが主人のお気に入りの場所だと心得ているらしく、バスケットから出ると迷わずここに走ってきたようだ。

「あとでおまえにもいい思いをさせてやる。しばらくおとなしくしていろ」

ヴァシルはレノスを膝から退かせると、いいところを邪魔されたと言わんばかりの性急さで、アイシスを草の褥に押し倒した。

なんとなくそうなりそうな雰囲気だったので、アイシスは驚かなかった。アイシス自身、こんなふうにされたいと望む気持ちがあった。

葉陰から陽光が差し込む中で、乗馬靴を脱がされ、服を剝ぎ取られる。

ヴァシル自身はジャケットを脱いで、胸元のクラヴァットを外しただけだった。

戸外で裸にされたアイシスは恥ずかしさに頰を染め、睫毛を揺らした。ヴァシルにじっと見つめられると、視線を受けた箇所がピクピクと引き攣り、体の芯が疼いてしまう。

「傷はもう綺麗に塞がったようだな」

「あっ！　ああ、あっ」

ピアスを穿たれた乳首に触れられ、アイシスは顎を反らして尖った声で喘いだ。

「あぁ、んっ、う……！」

ズンと脳髄《のうずい》に響く淫靡な快感と、むず痒いような痛みに、官能を煽られる。

ただでさえ感じやすかった乳首は、ピアスを施されたことによってますます敏感になり、愛撫を受けなくても勃ちっぱなしという恥ずかしいことになっていた。被服が擦れただけで下半身を直撃する淫靡な快感が生じて悩まされる。そこを昼夜の別なくヴァシルに指で弄られ、唇や舌で嬲られるのだからたまらない。

「木の実のように赤らんで、いやらしい乳首だ」

「くうぅ……うっ、あ、あぁ！」

言葉で責められながら、輪になったピアスに指先をかけ、グイッと乳首を引っ張られる。

「あああっ」

アイシスは激しく体をのたうたせ、嬌声を上げて悶えた。硬く閉じた瞼の際から涙が溢れ出る。ピアスの穴を引き伸ばされるのではないかという恐怖と、腫れた乳首を虐められる辛さと淫靡な悦楽。熱っぽくジンジンする痛みが脳髄まで痺れさせ、アイシスは惑乱しそうなくらい感じて、泣き叫ぶ。

股間もはち切れんばかりに張り詰めていて、隘路から零れた先走りが括れの直下に通されたピアスを濡らし、妖しく光らせている。こちらもようやく痛みが薄れてきて、消毒されるときに動かされても、どうにか耐えられるようになった。

「すごい濡らし様だな。そんなにいいか」

「いっ、いや……っ、あ、触らないでっ」

長い指で硬くなった陰茎を摑まれ、濡れそぼった先端を撫で回される。

「ひ……いっ、やっ、嫌っ」

括れの下のバーベル型ピアスも左右に小刻みに動かされ、アイシスはガクガクと上体を揺らし、内股を痙攣させて激しく悶えた。

脳が痛みを悦楽に変えるのか、口では嫌と言いながらアイシスの陰茎は硬度を保ったまま萎《な》える気配もなく、それをヴァシルに揶揄され、淫乱めと罵られる。羞恥心を煽られることによっても昂奮が増し、後孔にヴァシルの雄芯を挿れて欲しくてたまらなくなってくる。

「欲しいか。欲しいなら、脚を上げて弄ってもらいたいところを俺に見せろ、アイシス」

「……はい」

アイシスは耳まで熱く火照らせながら、両脚を曲げて膝裏を抱える。そうすると腰が浮いて尻が上向きになり、間に息づく秘部が露になる。たまらない辱めだった。ヴァシルの視線を感じるやいなや体が強張り、襞を喘ぐように収縮させてしまう。

「いやらしい眺めだ」

「い、嫌です。もう見ないでください」

「見なければここを解してやれない」

ヴァシルはこの状況を愉しむように言うと、腕を伸ばして傍らに脱ぎ捨てたジャケットを拾い上げ、ポケットから薄く丸い缶を取って蓋を開けた。見慣れない青い缶だった。

指で掬《すく》ったクリーム状のものを、アイシスの両の乳首に薄く塗り込める。

「これは……?」

「レノスがいつも舐めたがる、特製のバタークリームだ」

えっ、と横を向いたときには、匂いを嗅《か》ぎつけたレノスが俊敏な動きでアイシスに飛びついてきて、好物のクリームのついた乳首を勢いよく舐め始めた。

「あ、だめ、だめ！　ああ、んっ！」

レノスの舌はざらついており、それで乳首を擦るように舐められる感覚は、今まで味わったことのないものだった。

「いや、あ……っ、だめ。もうだめ！」

乱れて身を捩っても猫はクリームに夢中で退かない。

右側を舐め尽くすと、次は左側を舐めだした。舐められるとき乳首を貫くピアスも揺らされ、そちらの刺激もアイシスを淫らに責め、喘がせた。

愛猫に胸を任せておいて、ヴァシルはアイシスが自ら脚を抱えて広げた後孔を指で寛げにかかる。クリームを襞の一本一本にまで塗り込め、入口を丹念に解すと、人差し指を差し入れてきて、筒の内側にも施した。

「あぁぁ、あっ」

レノスに軽く爪を立てられては嬌声を放ち、秘部を抉る指を二本同時に抜き差しされては悶えて喘ぐ。

後孔が柔らかく綻《ほころ》んでくると、ヴァシルはズボンの前を開き、猛った陰茎を取り出した。

クリームにまみれた襞に先端をあてがい、ずぷっと突き立てる。

「ああぁっ！」

アイシスは嬌声交じりの悲鳴を上げて仰け反り、頭の芯が痺れるような快感を味わい恍惚《こうこつ》となった。

驚いたレノスが飛び上がって離れると、ヴァシルはアイシスの腰を捻って体位を変えさせた。両腕と両膝を地面に突かせ、後ろから深々と貫き直す。

「ああっ、そんなっ。深い……っ」

いつもは届かないところまで先端が入り込み、ズンと奥をしたたかに突き上げられて、惑乱した声を放つ。

「ふ……、おまえの中、熱い。貪婪《どんらん》にうねって俺を喰い締めている。わかるか」

「待って、お願い、まだだめ。そんなに動かさないでくださいっ」

「悪いが聞けないな。俺ももう限界だ」

言うなりヴァシルは腰の動きを激しくくし始めた。

あられもない声を上げて法悦に身を委ねつつ、アイシスはヴァシルへの愛情を強く感じ、感極まりそうだった。

「アイシス、アイシス。俺は……」

アイシスの尻に荒々しく腰をぶつけて高みを目指しながら、ヴァシルも悦楽を嚙み締め、色香の滲《にじ》む声でアイシスの名を呼ぶ。

俺は、のあとにアイシスの望む続きがあった気さえする熱っぽさだったが、ヴァシルはそこで我に返ったかのごとく突然言葉を途切れさせた。

「ああ、ああっ、だめ。イク……、イクッ！」

アイシスが乱れた声を上げげて射精した直後、ヴァシルもアイシスの中で陰茎をドクッと大きく脈打たせ、熱い迸《ほとばし》りを奥にかけ、達した。

重なり合って草の上に腹這いに倒れ込む。

すぐにヴァシルはアイシスの上から身を避けて、息を乱して喘ぐ細い裸身を抱き寄せた。

「おまえに……おまえの体に、病みつきになりそうだ」

ヴァシルの唇が、半開きになったアイシスの唇に被《かぶ》さってくる。

滑り込んできた舌に、アイシスは自分から舌を絡ませた。

互いの唾液を吸い合う濃厚なキスをする。

このままずっとこうしていたいと思うほど幸せだった。

＊

大胆にも森の中で情事を交わしたあと、湖畔の離宮で昼食をとり、腹ごなしを兼ねて鳥を撃ちに出かけた。

予期せぬ事態が起きたのは、この時だった。

ヴァシルが鳥を狙《ねら》うのに気を取られている間に、森に不慣れなアイシスが、急に茂みの陰から飛び出してきた野ウサギに驚き、よろけて、二メートルほど高低差のある場所から落ちたのだ。

咄嗟にヴァシルは猟銃を投げ出し、アイシスの腕を掴んで助けようとしたが間に合わず、そのまま一緒に小高い崖から落ちてしまった。

落ちるとき、ヴァシルはアイシスを庇《かば》って自分が下になり、アイシスの身は無傷で守った。代わりに肩を強打したが、幸いなことに地面には丈の長い草がボウボウに生えており、クッションの役目を果たしてくれたので、大事にならずにすんだ。

その後、離宮に御殿医が駆けつけ、湿布を貼るなどして手当をしてくれたが、べつに骨に異常があるわけでもなく、怪我《けが》自体は軽傷だった。

むしろヴァシルよりもアイシスのほうが動揺していて、ヴァシルに怪我をさせたことをとても気にしていたので、この際、思い切って休養することにした。ちょうど公務の予定もしばらく入っておらず、二週間ほど休暇が取れそうだった。

アイシスを連れて、のどかな田園地帯に建つ避暑用の城で過ごそうと思いつく。

「しかし、それでは他のお妃様方の反発を買うかもしれません」

とりわけ皇妃様が……と言外に含みを持たせて進言する侍従長の憂慮はもっともではあっ

たが、ヴァシルは煩わしいことが嫌いだった。

皇妃がヴァシルの態度に不満を募らせていることは当然気づいていたし、周囲からも折に触れてさりげなく配慮を勧められていたが、どうしてもアイシスに感じるような熱い気持ち、一緒にいたいと思う気持ちになれず、アイシス以上に皇妃にかまうのは難しかった。

元々ヴァシルは、不本意なことは極力したがらない性分だ。

「皇妃には、そのほうから適当に言い繕っておけ」

本人が聞いたなら立ち所に気分を害するであろうセリフを、ヴァシルは悪びれずに言ってのけた。

皇妃のことは好きでも嫌いでもない。ただ関心がないだけだ。

それが最も無情で、皇妃の高いプライドを激しく傷つけるのだとは、このときヴァシルはまるっきり無自覚だった。

# V

帝都から南方に数十キロ離れた田舎町に、ヴァシルはアイシスを伴い、静養に訪れた。

連れてきたのは侍従二人と侍女二人、料理人二人という最低限の人員だけである。

この辺りは一年を通じて温暖な気候に恵まれており、夏は涼しく、冬は暖かだ。

特に風光明媚というわけではなく、温泉が湧いているわけでもなければ、遺跡などの名所があるわけでもない、ごく普通の長閑で地味な田舎だ。娯楽といえば町の中心部に建つ小規模な劇場でときおり催される音楽会やお芝居くらいのもので、華やいだ世界に慣れた王侯貴族が好みそうなものはない。

それでもヴァシルは、この場所と、古くて手狭ながら居心地のいい城が気に入っている。

「ここは子供の頃よく遊びに来ていた懐かしい城だ」

「趣のあるお城ですね」

古き良き時代の面影が至る所に感じられる、年季の入った佇まいを、アイシスは興味深く眺め、すぐにここを気に入った。

最後にこの城が使われたのはヴァシルが十九歳のときだというので、かれこれ八年あまり誰も足を踏み入れていなかったことになる。さぞかし設備の手入れと屋内や庭の掃除が大変だったろうと思われる。

手入れと掃除には地元の人々が大勢手伝いに来たという。皇帝が、噂に高い美しい妃を伴ってこんな田舎町を訪れ、城に二週間も滞在するというので、皆おおいに色めき立ち、歓迎の意を示そうと我先にと押しかけたのだ。

馬車で町中を走ったときも、沿道には一目皇帝夫妻を見ようとする人が溢れていた。

公務外の静養が目的の移動だったので、アイシスには女装をさせていなかったのだが、それでも人々の歓声と感嘆の溜息は途切れることがなかった。ヴァシルは大がかりな舞踏会場で華やかにドレスアップさせたアイシスを見せびらかして歩くとき以上に誇らしさを覚え、嬉しかった。こんなに気分が昂揚したことはかつてなかった気がする。

午後二時頃、予定どおり城に到着し、綺麗に磨き上げられた城内を見て回って満足したヴァシルは、庭に面したテラスに出したテーブルでアイシスとお茶を飲みながら、気の向くままに子供の頃の話をしたり、聞いたりした。

思えば、アイシスとじっくり話をするのはこれが初めてで、ヴァシルはアイシス自身の口から育ってきた環境や、両親、特に亡くなった母親のことを聞き、想像以上に苦労してきたのだと知り、胸が締めつけられる心地がした。

「俺があの晩餐の席でおまえを見初めなかったなら、おまえは来年か再来年にはその美しい髪を剃り上げて鼠色の僧侶服に身を包んでいるところだったのか」

つくづく、あのときアイシスに気づいてよかったと噛み締める。隣の大柄な姫の膨らみすぎた袖の陰で、横顔だけようやく見える程度だったアイシスにヴァシルが目を留めたのは、本当にたまたまだった。ヴァシルはヴァロス王の話に退屈し、娘のうちの誰かを差し出したい心づもりがあると匂わされることに辟易し、晩餐室の後方の壁に掛けられた絵を端から見ていた。その絵の一枚が、アイシスの横顔の延長線上にあった。そこでヴァシルは初めて、あの末席に座っている者は絵に描いたような美しい横顔をしていると気づいて興味を持ち、王に向かって「あの者の名はなんと申すのか」と聞いたのだ。娘をもらえと勧めてくるくらいだから、それが末席にいる息子になったとしても、なんら問題はないだろう。正直、娘はいらないが、息子なら毛色の珍しさを買ってもらってやってもいい。はじめはそんな軽い気持ちだった。

「実のところ男の妃など物珍しさ以外にはたいして期待していなかったのだが、おまえは想像以上に俺を愉しませている。嫁にもらってよかった」

ぶっきらぼうにではあったが、ヴァシルは初めてはっきり言葉にして、結婚してよかったと思っていることをアイシスに告げた。

「……光栄です」

アイシスは面映ゆそうに俯き、謙虚に答える。

いつも泣かせてばかりで、ひどいことしかしていないのに、アイシスは少しもヴァシルを恨んでいる様子がない。文句も言わなければ、媚びたり何かをねだったりすることもない。ヴァシルはアイシスのそうした奥ゆかしさが好ましく、自分よりずっと年下にもかかわらず、見習うべき美徳を多く持っていると認めるのにやぶさかでない。芯が強くて、争いを好まず、どんな境遇に落ちても屈しなそうなところなど、清々しくて小気味よい。なよやかで、人形のように美しく愛らしいが、やはり男だなと思う。

「俺も早くに父を亡くした」

ヴァシルは自分自身のことはめったに口にしないのだが、田舎に来て爽やかな風に吹かれながらアイシスと向き合っているうちに、自然と話したい気持ちになっていた。

「二十歳になる一月前のことだ。病で突然倒れ、そのまま意識が戻らず三日後に急逝した父に代わり、誕生日を迎えたその同じ日に戴冠式が執り行われた」

まさに怒濤のような出来事だった。

予定よりも十年以上早い帝位継承に、周囲も混乱しきっていた。

「母は俺の即位と同時に表舞台から完全に退いた。ご自身が嫁姑問題で苦労されていたので、俺の嫁には同じ気苦労をかけたくないと以前から決意なさっていたようだ。本人たちに争う気がなくとも、周りに様々な思惑を持った人々が侍っている以上、なにかと確執が生じるものだようだ。皇妃や他の妃たちの動向を耳にするにつけ、確かにそのとおりだと俺も思う」

「私は……一人だけ立場が違いますので、他のお妃様たちとどう接すればよいのか、いまだに戸惑ってばかりおります」

「おまえが一番苦労しているようだが」

ヴァシルはアイシス自身にあまり自覚がなさそうなのを面白く感じ、目を細めた。

どうやらアイシスには、他の妃たちがどれほどアイシスを羨み、皇帝の寵愛を独り占めしていると恨めしがられているのか、よくわかっていないらしい。

「俺はもう、子作りに関しては義務を果たした」

ヴァシルは唐突に言った。

だから今後はもう意に染まぬ関係は結ばない、とあらためて決意したことから口を衝いた言葉だった。

「皇室のしきたりで十歳未満の子供は両親から離れて養育されることになっているから、おまえとはまだ一度もまみえていないが、俺には三男三女がすでにいる」

「はい。存じております」

「俺にはおまえの他に皇妃を含め十一人の妻がいるが、いずれも政略婚に次ぐ政略婚で娶った相手だ。決められたとおりに彼女たちの部屋を訪れるうち、子供がそれだけできていた。三番目の息子がもっと早く生まれていれば、もう少し少なかったかもしれないが」

「私は九人兄弟の末子です。姉が二人と兄が六人おります」

「そうだったな。俺も上に姉が一人と、下に弟妹が八人いる。それからすると、俺の子が六人というのは決して多くはない」

だから今でも、夜のお勤めを、と周りからうるさく言われるのだ。アイシスの許にばかり行くことを憂えている宮廷人は多い。皇妃に与する者たちはその急先鋒だ。

「皇妃などは特に、万一の場合に備えて男児をもう一人生んでおきたいと思っているようだ。周囲が焚きつけるのであろうな」

それにはわけがある。皇妃の産んだ息子は長男ではないのだ。長男にあたる一番上の王子は第三妃の子だ。本来であればその子が皇太子の位に就くところだが、その二年後に皇妃が男児を産んだので、次男が皇太子と定められた。男児を授かるまでの皇妃の努力と執念には並々ならぬものがあった。こうしたら確率が上がると伝承されている方法を片端から試し、祈禱にも縋っていたと聞いている。

「皇妃は格別プライドの高い女性だ。自分が男児を産むまでは肩身の狭い思いをしていたようだが、産んでからは向かうところ敵なしで権勢を振るうようになった。私も揉め事の種がなくなって安堵している。一時は第三妃派と皇妃派に侍女たちまで分かれて一触即発の雰囲気になりかけていたと聞く。女は怖いものだな」

元々あまり興味がなく、好きでもなかったところに、情念や保身の強さを見せられ、いっそう不得手になった。

「かといって、男のほうがいいと宗旨替えしたつもりもなかったのだが」

自分でもなぜアイシスを特別に思うのか、いまだによくわからない。綺麗な男はなまじっかな美女より艶っぽく、征服する愉しさがあると気がついて、もっと乱れさせたいと思ってアイシスに特にかまうようになったが、あくまでも自分は傍観者のはずだった。それを自らの手で抱く立場に引きずり込んだのはオレストだ。アイシスの体だけではなく心まで欲しがったオレストの存在が、ヴァシルを焦らせ、動かした。オレストにだけは渡さないと、独占欲と支配欲、征服欲に火をつけ、徐々にアイシスにのめり込んでいった。

「たぶん、おまえがいろいろな意味で普通とは違うのだろう」

「そう、なのですか？」

当惑して、ほかになんと返せばいいのかわからなそうにするアイシスを可愛いと思って、ヴァシルはフッと唇の端を上げた。

手にしていたティーカップをソーサーに戻し、テラスの隅に控えていた侍従を呼んでテーブルの上を片づけさせる。

「陛下……？」

アイシスは椅子を引いて立ち上がったヴァシルを訝しげに見上げる。

「急にしたくなった」

ヴァシルは、昼日中から戸外も同然の場所で破廉恥な行為をすることを堂々と求め、アイシスをガーデンテーブルに押し倒した。

上体を仰向けに寝そべらせ、袖の膨らんだシャツのボタンを外し、ズボンから裾を引きずり出して胸板をはだける。

ピアスを引っ張り、赤く充血している尖った乳首を口に含んで強く吸う。

「あぁあっ」

アイシスはそれだけで気持ちよさそうに喘ぎ、はしたなく腰を振って悶えだす。

ズボンを下ろして確かめると、堪え性のない陰茎が張り詰めてうっすらと先走りの淫液を滲ませており、開いた脚の奥に見える肉襞も妖しく収縮し、早く穿ってと催促しているかのようだった。

「相変わらずはしたない」

「い、言わないでくださいませ。恥ずかしい」

「今さらだ」

ヴァシルはアイシスの体をひっくり返し、侍従に持ってこさせた潤滑用のクリームを指に掬って後孔に施した。

ぐちゅぐちゅと淫猥な音をさせ、二本揃えて筒の中に潜らせた指を抜き差しする。

「あ……あっ、あ」

艶めかしい声が庭まで洩れ、年嵩の侍従の頬がピクピクと神経質そうに痙攣するのが見て取れた。茂みの陰にもし誰かいたなら、さぞかし驚くだろう。皇帝夫妻が昼日中から淫靡な行為に耽っていたと、噂が立つかもしれない。

次からは自重しようとヴァシルは殊勝に考えたが、今途中でやめるのは無理だった。

ヴァシルの股間も猛々しく脈打っている。アイシスの中に挿れて宥めなければ、昂奮を鎮められそうになかった。

柳のように細い腰を引き寄せ、切れ込みの浅い硬質な白い尻に手をかける。

両手で間を開き、羞恥にひくつく濡れそぼった窄まりの中心に、自らの硬く張り詰めた陰茎を押しつけ、ずぶずぶと奥まで沈めていった。

「あああ……！　お、大きい……っ」

アイシスが嬌声を上げて、藻掻き、上体を弓形に反らす。

「大きいのが好きだろう」

耳元に口を近づけて揶揄するように言い、ズン、と容赦なく奥を突き上げる。

「ひぃっ、あ、あぁ」

アイシスは堪えきれずにますます激しい悲鳴を放つ。

「少しは慎め。誰かに聞かれたら十二妃はたいした淫乱だとばれるぞ」

慎め、ともっともらしいことを言いながら、ヴァシルはアイシスの前に手をやって、ピアスを穿った亀頭下の括れを指の腹で撫で回し、アイシスを惑乱させた。

「やめて、いや、いやっ！　おかしくなってしまいますっ」

アイシスが感じて身をくねらせ、腰を打ち振る様を見て、ヴァシルは激しく昂った。きゅううっとヴァシルを締めつける後孔の締まりのよさは絶品だ。

「いやらしいやつめ」

そう罵りながら、ヴァシルは胸の内で愛しさをふつふつと湧かせていた。

ガサッと庭の奥のほうで茂みが揺れ、葉擦れの音がする。

一瞬ヴァシルは緊張を走らせたが、タタタッと駆け抜けていく茶色い小動物を見て、なんだリスか、ととりあえず納得した。

「ああ、だめ。だめ、もう私……っ」

イクッ、と切羽詰まった声で叫び、のたうつように腰を大きく振りたくりながら極めるアイシスの中に、ヴァシルもまた熱い迸りを夥しく放つ。

達したあとも気持ちがひどく昂っていて体を離しがたく、アイシスの中に雄芯を埋めたまま、顔や手や首など目についたところすべてに唇を押しつけ、白い肌を啄んだ。

アイシスも心地よさそうにヴァシルに身を委ね、恍惚としていた。

不謹慎だと咎められても反論できない奔放な情事のあと、ヴァシルはアイシスの世話を侍女に任せ、書斎と居間と寝室が一続きになった部屋に引き取った。

そこに年嵩の侍従がしかつめらしい顔をして、実は今日になって庭の柵の一部が壊れているのが見つかった、と報告しに来た。

「近所の子供たちが柵のすぐ傍で取っ組み合いの喧嘩をしているのを見たという者がおりますので、おそらく、体をぶつけるかどうかして壊してしまったのではないかと思われます。ご報告が遅くなりまして誠に申し訳ありません」

「それで？」

ヴァシルは柵のことなどいちいち聞かなくてもいいと思いつつ、そっけなく続きを促す。

侍従はあくまでも慇懃に、明後日の午後、地元で雇った庭師が壊れた柵を修理しに庭に入るので、先ほどのようにところ構わず事に及ぶのはお控えいただければ幸いです、と言う。

淡々とした語調ではあったが、非常識ですと窘められているのが伝わってきて、ヴァシルは神妙な態度で「わかった」と答えておいた。柵のことよりも、本当に言いたかったのはこちらのほうだったのは明らかで、さすがのヴァシルも己の傍若無人さを反省した。

「それから、こちらが先ほど届きました」

「手紙か」

差出人を見れば、すでに職務復帰しているはずのオレストからだった。

ヴァシルは侍従が下がったあと、ペーパーナイフで封を切り、折り畳まれた紙片に目を走らせた。

そこには、偶然演習でこの近くに来ることになったので、できれば陛下に直接お目にかかって例の件を心から謝罪したい、としたためられていた。明日の午前中に逗留先のホテルに着くという。

いつまでも仲違いしているのはヴァシルも落ち着かないし、なによりオレストは今でも気持ちの上では変わることなくヴァシルの唯一無二の親友だ。アイシスにはもう二度と近づかないと誓わせ、実際オレストはアイシスを襲おうとしたことを深く反省し、恥じているようだったので、この手紙を機に、心の広い対応をすることにした。

「私も貴公に会いたい」と返事を書き、明日オレストにこの封書を直接手渡しし、返事を持ち帰るよう侍従に預けた。

オレストを許すと決めたことで、ヴァシルはこれまで心の片隅に蟠っていた鬱屈としたものがすっと消え、気持ちが軽くなった気がした。

そうなると行動も活発になり、夜はアイシスを連れて街の音楽ホールで開かれた演奏会に顔を出すことにした。

「私的な場だ。女装はしなくていい。燕尾服で正装しろ」

アイシスは意外そうに目を瞠ったが、否やはむろんなく、嬉しげにふわりと微笑んだ。とても綺麗な、愛くるしい笑顔を見せられ、ヴァシルの心はジンと震え、熱くなった。

今まで一度として嫌だと口に出して言いはしなかったが、女装は肉体的に相当こたえていたはずだ。それにもかかわらずアイシスはヴァシルを少しも恨まない。体を繋ぐたびに、抱いてもらって嬉しいと悦んでくれているのを直に感じる。信じがたいが、度重なる残酷な仕打ちを受けたにもかかわらず、アイシスはヴァシルを好きでいてくれているようだ。

果たして自分はけなげで情の深いアイシスに報いることができるのか。

今からでも遅くないのか。

愛してもいいのか。

考えるだけで緊張のあまり心臓が鼓動を速めた。

支度を調え、すらりとした燕尾服姿でヴァシルの前に立ったアイシスは、ドレスアップしたときとは異なる凜々しさと美しさでヴァシルを魅了した。

ヴァシルはあらためて息を呑み、惚れ直す心地だった。自分は今までなんというもったいないことをしていたのかと、目から鱗が落ちるような気分も味わった。

演奏会から帰宅したヴァシルはアイシスを自分の寝室に連れ込み、ホワイトタイを崩すとき年甲斐もなくドキドキした。

情熱的で甘いセックスを心ゆくまで愉しむ。

アイシスも激しく昂揚していて、ヴァシルの性器を躊躇いもなく口淫し、騎乗位で跨がってきた。そうして、恥ずかしがりながらもなりふりかまっていられなくなった様子で腰を振り、嬌声を上げて極めてみせた。

ヴァシルもアイシスを抱き竦めて奥を突き上げ、狭い筒の中に精を放つ。

互いに深く満たされて、明け方庭で雲雀が鳴く声を聞くときまで、二人でシーツにくるまり眠ったのだった。

＊

演奏会に夜出かけた次の日の午後、オレストの許へ手紙を届けに行った侍従が返事を携えて戻ってきた。

無事にホテルに着いたこと、明後日まで滞在する予定になっていることがまず挨拶代わりにしたためられており、今晩か明日の午後にでもお目にかかれますと光栄です、と丁重に伺いを立ててきていた。

ヴァシルは明日の午後こちらからホテルに出向くことにした。

オレストを城に招いてもかまわないとも思ったのだが、今のアイシスは一ヶ月前と比べても格段に美しく魅力的になっていて、横恋慕していたオレストに会わせるのは躊躇われた。狭量な男だと嗤われてもかまわないと開き直り、ひとまず一人で会うことにした。

翌日、ヴァシルは丈の長いジャケットにズボン、頭にはシルクハットを被るという、適度に威厳を保った装いで城を出た。

「夕方には戻る」

車寄せまで見送りに来たアイシスにはそれだけ告げて、どういう目的で外出するのかは教えなかった。

「お気をつけて行ってらっしゃいませ」

アイシスは立ち入った質問はいっさいせず、ヴァシルが馬車に乗って門から出ていくのを気持ちよく見送ってくれた。よもやオレストがこの町に来ているとは想像もしていないだろう。教えたとしても、アイシスは自分も一緒に行ってオレストと会いたいとは言わない気がした。オレストへの処遇が思いの外軽くすんだと知って安堵していた、とは侍従を通じて聞いたが、アイシスの口からオレストの名が出たことはない。アイシスにとっても、もう忘れてしまいたい出来事なのかもしれない。

やはりこれでいいのだと思えて、ヴァシルは若干後ろめたさが薄れた。

オレストは町で一番格式の高い老舗のホテルに逗留していた。

人目につかないよう貴賓用の出入り口から直接客室フロアに上がり、ステッキの柄で部屋の扉をノックする。

すぐにオレストが扉を開けに来て、二人はおよそ二ヶ月ぶりに顔を合わせた。

「お久しぶりです、陛下。このようなところまでご足労いただきまして、誠にありがとうございます」

「いや。俺の都合だ。気にするな」

ヴァシルは口調こそそっけなくなったものの、久々にオレストの顔を見ることができてやはり嬉しかった。アイシスに夜這いをかけられたときには裏切られた心地になって激怒したが、そうなってもおかしくない下地があったことは予測できていたし、オレストが本気だと察していながら、虚勢を張ってアイシスを抱かせたヴァシルも悪かった。

「息災にしているようでなによりだ」

ステッキを置いて帽子を取り、ソファに腰掛けて足を組んだヴァシルは、あらためてオレストと向き合い、しみじみと言った。一時期はずいぶん窶れ、消沈していたと耳にしているが、軍務に復帰してからは徐々に気力を取り戻してきたらしく、顔を見る限り今は精神的にも肉体的にもだいぶ落ち着いて見えた。

「少し痩せたか」

「腹につきかけていたよけいな肉が削げて、体を動かしやすくなりました」

冗談めかした返事をする余裕も出てきたようで、ヴァシルはいよいよ安堵する。

「ますます見栄えのするいい男になってなによりだ」

「職務に復帰したとき、上官にもそう言われました」

オレストは苦笑しながら、幾分自嘲気味に言う。

自ら一ヶ月の謹慎処分に絡む話を持ち出すところからも、己の中ですっかり整理がついているのを感じた。最後にどうしてもけじめをつけなければと思っていたのが、こうしてヴァシルに直接詫びることだったのだろう。

ホテルのメイドがお茶を持ってきて、ローテーブルにセットして下がるまでの数分、二人は話を中断していた。その間にヴァシルは、これからどんなふうに話を進めるべきか思案しており、オレストはオレストで、話がどういう展開になろうと誠意を持って対する決意をいよいよ強めていたようだ。

「陛下。まずはなにより、わたしは陛下に陳謝しなければなりません」

オレストは安楽椅子を立つと、ヴァシルの足元に跪く。

「あのときのわたしは本当にどうかしておりました。激情に駆られて理性を失い、まともな判断ができなくなっていた。もう一度十二妃様を抱けるなら死んでもいいと本気で思っていました。今となっては、なぜあそこまで破滅的な考えに取りつかれていたのか、自分でもわかりません」

「俺には少しわかる気がする」

ヴァシルはオレストに立つように促し、安楽椅子に座り直させた。

オレストは恐縮しながら従い、軍人らしく背筋を真っ直ぐに伸ばした姿勢で、椅子に浅く腰掛ける。わざわざ軍服で正装してヴァシルの訪問を受けたことからも、皇帝に忠誠を誓う身であることをはっきりと表明する所存が感じられた。

「俺はアイシスを知って初めて、人を好きになるというのがどういうことかわかった気がする。好きな相手ができただけで、世界がこうも色を変えるとは思わなかった。この気持ちばかりは自分では思うように制御できない。そういうものがある日突然降ってくる。これまでさんざん浮き名を流してきた貴公ですら、我を忘れてのめり込むくらい、本気の恋は人を愚かしくするものなのだな」

「はい、まさに」

オレストは神妙に相槌を打ち、一言一言噛み締めるように話す。

「謹慎中、誰とも会わず、話さず、自分自身とだけ向き合うことで、少しずつ気持ちが落ち着いてきました。ようやく冷静になれたと言いますか。……ですが、今はまだアイシス様と会っても平静を保っていられるかどうか確たる自信がありません。本日、陛下にこのような場所までお越しいただけて恐縮しますと共に、ありがたくも思っております」

「そうか。正直に言うと、俺もまだ貴公とアイシスを会わせることには抵抗があって、躊躇した。だが、こうして貴公と顔を合わせて話をしてみて、杞憂だったかもしれないと思い始めている」

「陛下の信頼を二度と裏切ることのないよう肝に銘じます。アイシス様とは、いずれまたご縁がありますればお目にかからせていただきたく存じます」

こうして胸襟を開いて自らの気持ちを言葉にするうちに、ヴァシルはどんどん素直にアイシスへの想いを口にしていた。

「いろいろあったが、結婚当初は考えもしなかったほどアイシスに惹かれている。そういう自分を受け入れられるようになった。我ながらたいした進歩だ」

「僭越ながら、陛下とアイシス様がお幸せなら、わたしも今以上に落ち着きますし、大変嬉しく思います」

「今日は貴公と会えてよかった。できれば晩餐まで一緒にしたいところだが、夕方には戻ると言って出てきたので、またの機会にしよう」

「せっかくご静養に来ておられるのですから、わたしのことはお気遣いなく。アイシス様もお一人ではなにかとご不安でしょう。ああ、そういえば……」

オレストはふと何事か気がかりなことを思い出したように表情を引き締めた。

「少々気になる話を耳にしました。昨日の夕刻、この辺りでは普段見かけない男がお城周辺を彷徨《うろつ》き回っていたと言っている者がおりまして。このホテルに毎朝パンを納めているパン職人なのですが、その者がお城の厨房にも御用聞きに伺った際、来たとき見かけた男が帰るときになってもまだいたので、ちょっと引っかかったそうなのです」

「その男が何か不審な動きをしていたというのか」

万一のことを考えると聞き捨てならず、ヴァシルはツッと眉根を寄せた。

「気になったパン職人が『こちらのお城にご用なんですか』と声をかけたところ、帽子を目深に被った三十前後と思しき男は、慌てた様子もなく、自分は旅行者だと答えたのだとか。

たまたま今、この城に皇帝夫妻が来ていると聞きつけて、一目お姿を拝見できないかと思ってうろうろしていたのだと。パン職人が『こんなところで待っていても皇帝夫妻はお姿をお現しにはならないから諦めなさい。不審者だと思われて憲兵が捕まえに来るやもしれませんよ』と言うと、そうですか、とあっさり離れていったというのですが」

この話をパン職人は家に帰って夕食の食卓で家族に聞かせたらしい。

パン職人の次男が実は憲兵で、息子は今朝、念のため上司にこの件を報告した。上司は問題なしと判断したのだが、たまたまその場にオレストの部下が居合わせたので、オレストの耳にも届いたというわけだ。

それだけでは不審者とまでは言い切れないが、ヴァシルはにわかに、城に残してきたアイシスの安否が気になりだした。

「アイシス様にはどなたかついておいでですか」

オレストもそのことを一番に案じたようだ。

「侍従と侍女が二人ずついることはいるが、他にも仕事はあろうから、つきっきりというわけにはいくまい。今日は午後から庭師が柵の修繕に来ているはずだから、アイシスは外には出ずに部屋にいるはずだが」

「柵が壊れたのですか」

オレストが訝しそうに目を眇め、いっそう緊張した面持ちになる。

それを見てヴァシルはついに居ても立ってもいられなくなった。パン職人の話を聞いて、町で雇った見ず知らずの人間を城内に入らせることが、急に不安になってきた。これといった根拠があるわけではないが、アイシスの身に危険が迫っていはしないかという予感がしてならない。アイシスの存在を面白くなく思っている者に心当たりがあるため、邪推だとわかっていても、気を揉まずにはいられなかった。

「悪いが、今日のところはこれで切り上げさせてくれ」

今すぐ城へ帰り、アイシスの身に何事も起きていないことを確かめたい。杞憂でもいいから確認しておきたかった。

「それならば、わたしが使用している軍の車をお使いください。馬車より断然速いです。運転は部下にさせます」

オレストはあくまでも自分は城に行くことを控え、ヴァシルを城まで送り届ける役目は部下に任せるつもりのようだ。

すでにオレストに邪な下心がないことは確信していたものの、ここはオレストの配慮をありがたく受けることにして、ヴァシルは「恩に着る」と感謝した。

ホテルから城までは、車を飛ばせば十分ほどで着く。

それでもヴァシルにはその十分が一時間にも思えるほど長く感じられ、気が急いてならなかった。心臓が不穏に鳴り続け、手のひらが汗ばむ。

どうか何事も起きていないようにと、道中祈り続けていた。

＊

突然、テラスの窓ガラスが割れる音がした。

居間のカウチに横になり、本を読みながらうたた寝していたアイシスは、ハッとして目を覚ました。

何事かと身を起こした途端、胸の上に開いたまま載せていた本がバサッと床に落ちる。

窓の施錠を外して侵入してきた男がヌッと現れたのは、それとほぼ同時だった。

「あ、あなたは……？」

胸当てつきのズボンを穿き、ハンチング帽を被った男はおそらく庭師だ。ヴァシルを見送ったあと、ずっと部屋にいたので、アイシスは顔を合わせていなかったが、日に焼けた顔や太い腕、ズボンの膝や裾についた土などから庭師だろうと思った。

咄嗟に立ち上がろうとしたとき、男が懐からナイフを掴み出し、鞘を投げ捨てるのが目に入り、恐ろしさに身が竦む。

「アイシスというのは、あんたか」

ジリジリと迫ってくる男に乱暴な口調で訊ねられたが、アイシスは否定も肯定もできず、固まったように動きを止めていた。息をするのも躊躇うほどの緊張感に襲われる。動悸は激しくなる一方で、苦しさに眩暈がしそうだった。心臓が飛び出すのではないかと不安になるくらい胸が震え、波打つ。

だが、よく見ると、震えているのはアイシスだけではなかった。

侵入してきた男のナイフを持つ手もブルブルと震えている。男自身、恐怖に駆られているようで、目には切迫した必死さが出ていた。自らの意思で凶行を企てたというより、誰かに命じられるか脅されるかして、アイシスが一人になったところを狙って襲いにきたのではないかと思われた。

「おい、答えろ。アイシスってのはあんたのことかと聞いてるんだ！」

黙ったままのアイシスに痺れを切らした男が苛々した声で同じ質問を繰り返す。

一刻も早くするべき事をして、さっさと逃げ出したそうだ。

この男がプロの殺し屋などでないことは疑う余地もなかった。その証拠に男は襲う相手であるアイシスの顔さえわかっていないようだ。ひょっとすると皇帝の十二番目の妃だということも知らないのかもしれない。帝都を離れて辺鄙な土地へ行けば行くほど無学文盲の割合は増える。そうしたところから流れてきている者を雇えば、万一失敗したときでも首謀者の正体はばれずにすむだろう。

お金で雇われているだけの男なら、話をすれば説得できるかもしれない。アイシスは勇気を奮い立たせて話しかけてみた。

「誰かに頼まれたのですか」

「ああ、そうだ。やっぱりあんたがアイシスなんだな」

男は荒々しい剣幕で答える。何か喋っていないと極度の緊張に押し潰されるかのごとく、ぺらぺらと口にした。

「昨夜酒場で知り合った旦那に一杯奢ってもらって、気の毒な話を聞いたんだ。あんたは許嫁だったそいつを振って、このお城の持ち主の優男の愛人に収まって贅沢のし放題なんだってな？　俺も昔似たような目に遭ったことがあるから、そりゃあ同情したよ」

やはり男は、アイシスがどういう身分であるかは元より、この城が皇帝の持ち物であることさえ知らないらしい。

「待ってください。それは全部嘘だ。作り話です」

「へへ、あの旦那の言ったとおりだ。狡賢いあんたはきっとそう言うから騙されるなって、ちゃんと教わってきてるぜ！」

男はいよいよ酒場で襲撃を依頼してきた相手の言葉を信じたらしく、目から怯えや迷いが消えて、代わりに使命感のようなものが出てきたのが見て取れた。

まずい、と思ってアイシスはカウチを離れ、後退って部屋の奥へ逃げようとした。

そこへ男が奇声を発して襲いかかってくる。

身軽さだけが取り柄のアイシスは、ナイフを構えた男が突っ込んできたのを身を翻して躱《かわ》し、今度は反対側に逃げた。

テラスに出られる窓は開け放たれたままだ。

「誰かっ、誰かいませんか！」

声を張り上げて助けを呼ぶが、近くに誰もいないようで反応がない。

夕暮れが迫っているが、まだ外は明るい。

アイシスはこのまま庭に出て逃げるか、それとも部屋から廊下に出て再度助けを求めるか、足を止めて迷った。

遠くで微かに車のエンジン音が聞こえた気がしたが、定かでない。

迷うアイシスの僅かな隙を突き、男が猛然と飛びかかってくる。

アイシスは咄嗟にナイフを避けて男の腕を掴み、押し戻そうとした。

しかし、男は肉体労働で鍛えた頑丈な体をしていて、非力なアイシスの抵抗など歯牙にもかけず、さらにナイフを振り下ろしてきた。

なんとか男の気を反らせないかと、アイシスは傍らにあった花瓶を叩き落とし、大きな音を立てた。

「アイシスっ！」

廊下側から扉を蹴破る勢いでヴァシルが飛び込んでくる。

「陛下っ！」

安堵した途端、バーン、と爆発音のようなものが聞こえ、アイシスは肩に焼け付くような痛みを覚えた。

「うわああああっ」

アイシスと揉み合っていた男が引き攣った叫びを上げ、窓から脱兎のごとく逃げていく。

「追えっ！　逃がすな！」

庭先で侍従の怒声がする。

続けて、バタバタと何人もの足音が聞こえてきた。

肩を撃たれたアイシスは、その場にずるりと蹲りかけたところを、正面からしっかりと抱き留められた。

「アイシス！　しっかりしろ！」

「……陛下」

アイシスはヴァシルの腕に身を委ね、脂汗の滲む顔で懸命に笑おうとした。大丈夫です、と言いたいのだが、唇が震えてうまく言葉が出せない。瞼を開けているのもやっとではあったが、命に別状のないことを、なんとかして伝えたかった。

「ああ、もういい、喋ろうとしなくていい」

ヴァシルは目を赤く潤ませ、アイシスの唇に自らの口を押し当ててくる。

なんとか伝わったようだとアイシスは心の底から安堵した。必死に容態を気遣ってくれているヴァシルを心配させたくない一心だった。

憲兵らと思しき者たちが遠くで交わす遣り取りが、耳に入る。

「いたぞ！」

「そっちだ、捕まえろっ」

「庭師を騙っていた奴は確保した。もう一人、銃を持った奴がいるから気をつけろ！」

どうやら部屋に侵入してきた男は捕まったようだ。

「もう大丈夫だ」

ヴァシルがアイシスの体をそっと抱きかかえる。

近くのソファに下ろされた途端、アイシスは緊張の糸が切れ、そのまま意識を手放していた。

アイシスの左肩に当たった弾は貫通していて、外科処置も滞りなくすんだ。傷痕も最小限に留まり、一週間もすれば起き上がれるようになるだろうとのことだった。

古城の一室で目覚めたとき、アイシスが一番に見たのはヴァシルの顔だった。

うっとりと瞼を開けると、ヴァシルの顔がぼんやりと歪んで見えた。

何度か瞬きをするうちに霞んでいた視界が明瞭になってきたが、ヴァシルの顔は様々な感情が入り混じって歪んだままだった。

「……陛下……？」

「やっと目を覚ましてくれたか」

ヴァシルの顔は青ざめ、憔悴していた。あれから何日経ったのかアイシスには定かでなかったが、その間ヴァシルがずっとこうして心配してくれていたことが察せられて、もったいなさと申し訳なさで胸がいっぱいになる。

「もしかして、ずっと傍にいてくださったのですか……」

まさかそんなはずはないだろうと思いつつも、アイシスは聞いてみずにはいられなかった。

ヴァシルの表情があまりにも真摯で、心からアイシスの覚醒を待ちわびてくれていたのがひしひしと伝わってきたからだ。

「ああ」

ヴァシルは否定しなかった。

嘘のようだとアイシスはにわかには信じられなかった。ヴァシルの口からアイシスを思いやる言葉が躊躇いもなく出るなど、初めてではないだろうか。

しかし、考えてみれば、言葉にはしなくてもヴァシルは以前にも何度となくアイシスを助けたり守ったりしてくれていた。ぶっきらぼうでそっけない態度ばかりが目につき、そちらの印象が強くなりがちだが、確かに、なにかと気にかけてもらっていたのだ。

「部屋に飛び込むなり銃声を聞いたときには生きた心地もしなかった。俺は間に合わなかったのかと、目の前が真っ暗になった」

ヴァシルはそのときの心境を思い出したのか、眉根を寄せて、苦しげな顔になる。

「撃たれたのが肩で本当によかった」

話し方はいつものとおり落ち着き払っているが、声に切々とした心情が感じ取れ、アイシスは胸をぐっと摑まれた。

「医者に大丈夫だと何度言われても、おまえが無事に意識を取り戻して俺の名を呼んでくれるまでは、心配でまんじりともできなかった」

その言葉が嘘ではない証拠に、ヴァシルの目の下にはうっすらとくまができている。

アイシスは恐縮し、畏れ多いと狼狽えた。

「私なんかのために……」

「私なんか？　おまえは俺の妻だ。おまえの体は俺のもの、俺は我が身の一部を心配しただけだ」

ヴァシルの物言いは独特だったが、気持ちはじんわりと伝わった。

アイシスは枕に頭を預けて横になったまま、安楽椅子に座っているヴァシルに向かって遠慮がちに手を伸ばした。

すぐにヴァシルがアイシスの手を握り締めてくる。

体を動かすと包帯でぐるぐる巻きにされた左肩がひどく痛んだが、アイシスはヴァシルを心配させたくなくて、耐えて表情に出さないようにした。

「申し訳ありませんでした。ご心配をおかけして」

「丸一昼夜眠っていた」

ヴァシルはアイシスの目をひたと見据えてきて、今度は少し腹立たしげに言った。安心したら、気を揉まされたことへの不満が湧いてきたようだ。

「血の気のない真っ青な顔をして、ピクリとも動かずに昏々と眠り続けていたんだぞ」

「それでは、私が撃たれたのは一昨日の晩で、今は朝なのですね」

大きな窓から燦々と差し込んでくる光を見てアイシスは確かめた。

「今朝になっても目覚めなければ、藪医者を牢に閉じ込めてやるつもりだった」

「そんなご無体な」

いかにも皇帝らしい横暴で気短な発言だったが、まんざら冗談でもなさそうににこりともせずに言ってのけるので、アイシスはへたに苦笑を洩らすのも憚った。

「私……先ほどから、一つ伺いたくてたまらないことがあるのです。でも、果たして陛下にこんなご無礼なことをお聞きしてよいものか迷われて」

「なんだ。この際だから遠慮せずに言ってみろ」

アイシスの手をいっそう固く握り締めてきてヴァシルは険しい顔のまま促す。

何を聞かれるのか身構えたのが、指先が微かにぶれたことから感じ取れ、アイシスは不意に、ヴァシルもアイシス同様に不安なのだ、己に自信がないのではないかと思えてきて、驚くと同時に親近感を覚えていた。

無愛想な口調、強気で傲岸な態度、アイシスにとってヴァシルは常に支配者で、意に染まぬ言動をすればどんなひどい仕打ちを受けるのかと恐れつつ敬愛してきたが、本心はそれと違うのだとは想像したこともなかった。

「あの、陛下は……私のことが、僅かでもお好きですか」

アイシスは勇気を振り絞り、いささか厚かましい質問をした。

ピクッとヴァシルの頬が引き攣る。目はカッと見開かれ、一瞬アイシスは怒らせてしまったかと背筋が凍るような怖さを感じた。

しかし、すぐさまヴァシルのまなざしは憤怒ではなく動揺と気まずさを浮かべたものになり、じわじわと白皙に朱が差してき始めたため、アイシスはもう、返事を聞くまでもなく嬉しさのあまり胸が熱くなってきた。

「……ああ」

てっきりこのまま流されてしまうかと思いきや、ヴァシルはすっと一つ深呼吸をして、ゆっくりと噛み締めるように肯定した。

その上、椅子に座ったまま背筋を伸ばして毅然と胸を張り、握り締めたままだったアイシスの手の甲に唇をつけて誓いのキスをする。

「俺はおまえを僅かどころか、何にも代えがたく愛してる」

腹を括ったヴァシルは凜々しく、どうにかなりそうなほどアイシスの心を惹きつけ、鷲掴みにした。心臓が苦しいくらいドキドキする。肩の痛みなど、もはやなにほどのものでもなかった。

「おまえを見ていると常に感情を掻き乱される。今まで抱いたことのない気持ちを様々経験させられて戸惑う。腹立たしくて、もうおまえになどかまいたくないと思っても、かまわずにはいられない。はじめは半信半疑だったが、おまえが崖から落ちるのを見た途端、俺は一瞬の迷いもなくおまえを助けることしか頭になかったし、銃で撃たれたおまえを見て、どうにかなってしまいそうなほど胸が痛んだ。自分の気持ちはごまかせない。これでなお、おまえを愛していないと言えば、嘘になる」

ヴァシルの一言一言がアイシスの心に深く染み入る。

アイシスは感動してしまって、胸がいっぱいで、鼻の奥がツンとしてきた。みるみるうちに瞳が潤む。

「嬉しいです。陛下が私のことをそんなふうに想ってくださっていたなんて……本当に嬉しいです。ありがとうございます」

ここは泣くまいと思って必死に我慢していたのだが、どうしても止められなくて、湧いてきた涙を頬に滑り落としてしまった。

「泣き虫め」

自分自身目を充血させておきながらヴァシルはアイシスを揶揄した。

指を絡めて握り合った手はそのままに、もう一方の手で頬に零れた雫を払いのける。優しくて、情の籠もったしぐさだった。

「早く傷を治せ。治るまでここに監禁だ。その間おまえの世話は俺が全部焼いてやる」

そんなありがたくも信じがたい言葉を聞くと、アイシスはますます恐縮した。

「せっかくの休暇を台無しにしてしまって申し訳ありません」

「べつに台無しにはならない。もともとのんびり過ごすために来た田舎だ」

それならいいのですが、とアイシスは少し気持ちを楽にする。

ヴァシルはゆっくりとアイシスの手を離し、アイシスの額にキスすると、

「まだ肝心なことを話していなかったな」

と、表情を硬くして切り出した。

アイシスも気持ちを引き締める。聞く前から事件の話であることは予想がついていた。

「おまえを襲った男は、流れ者の元農夫だと判明した。ギャンブル好きが高じて土地を手放してしまい、妻子にも出て行かれ、自棄を起こして放浪した挙げ句この町に来たところ、黒ずくめの服装をした男に酒場で一仕事しないかと誘われたそうだ。男は以前から我々の動向を探っていて、庭師が柵を直しに来ることを知り、それに乗じて流れ者の男を庭師に扮させて侵入させたのだ」

「本物の庭師はどうなったのですか」

「死んでいた。前の晩に酒を飲んで酔って帰る途中、ナイフで心臓を一突きされて、道端の草むらの中に遺棄されているのが発見されたとのことだ」

「……ひどいことを……」

なんの罪もない庭師を目的のためにいとも簡単に殺してしまうとは恐ろしい。そうまでして誰かが自分を亡き者にしようとしていたのかと思うと、あらためてゾッとした。

「その黒ずくめの男がおまえを撃った銃の男と同じ人物だと思われるが、こちらはまだ捕まっていない。憲兵たちに一日も早く捕らえるよう命じてあるが、庭師殺害の手口といい、銃の扱いぶりといい、おそらくこうした闇の仕事を請け負っているプロだろう。簡単には捕まえられそうにないので、軍にも力を貸すように命じた。オレストが指揮を執って、憲兵と協力し、男の身柄確保に努めている」

「そうですか」

オレストの名を聞いてもアイシスの心は平静なままだった。ヴァシルのほうも、もう凝りは残していないようで、以前と変わらず信頼を寄せていることが察せられる。このこともアイシスはよかったと思った。次にまたオレストと会う機会があれば、アイシスはすべてを水に流して向き合えるのではないかという気がする。オレストも誓いどおりアイシスに対して二度とあのような振る舞いはしないだろう。そう信じられた。

「流れ者の男はまったく何も知らずに、金に釣られて協力しただけだということがわかっている。黒ずくめの男を捕まえなくては確たる事実は判明しないが、それももう時間の問題だ。陸軍と憲兵の共同捜索で、男を捕らえるために投げた網はだいぶ引き絞られている。男が捕まりさえすれば、早晩首謀者も明らかになるだろう」

アイシスもこの件に身近な人間がかかわっているであろうことは疑っていなかった。黒ずくめの男がプロだというのなら、依頼者がいるはずだ。

ヴァシルは眉間に刻んだ皺を深くして、苦々しげに続けた。

「首謀者が誰なのか、おおかたの見当はついている。だが、もし推測どおりの女性だったとしても、残念ながら世間には公表されないだろう。事が大きくなりすぎる」

ヴァシルはそれをアイシスに申し訳ないと思っているようだった。

アイシスはヴァシルの顔を見上げ、はっきりと言った。

「私もそれは望みません。このまま穏便にすませていただいたほうが嬉しいです」

「いいのか、それで。あのときあともう少しずれていたら、おまえは心臓を撃ち抜かれて死んでいたんだぞ」

首謀者を法的に裁けないことはヴァシルにとって大変不本意で、己の腑甲斐なさに忸怩《じくじ》たるものがあるらしい。

あらためて死ぬところだったのだと言われると、遅まきながら恐怖に身が竦んだが、現実にアイシスは生きている。幸運にも死なずにすんだのだから、もうそれで十分だった。まだこの先、大好きな人を想えるのだ。しかも、大好きな人から愛していると告げられたのだ。それ以上望むのは強欲すぎると思った。

「首謀者がもし私の思っているとおりの御方なら、私にはその方のお気持ちがわからなくはありません。だから……寛大になれます。寛大になれるなどという言い方は、身の程知らずだとお叱りを受けてしまうかもしれませんが」

「いや。おまえはむしろとても謙虚だ。この件に関してだけではなく、常からな」

ヴァシルの言葉にアイシスははにかんで睫毛を伏せた。

首謀者はおそらく皇妃であろうと、ヴァシルも考えているようだった。

「彼女のしたことは、許しがたいが、俺にも配慮の足りないところはあったかもしれない。おまえさえ許せるというのなら、彼女の罪は、皇太子の地位を第三妃の産んだ長男に譲らせることで許そうと思っている。長男のほうが器の大きな男に育ってくれていることは、かねてより周知の事実だ。彼女も、罪に問われてこの先一生日の目をみられない生活を強いられるより、引き際を心得ておとなしく従うほうが得策だと計算するだろう。庭師を刺客に雇ったのが銃を撃った男で、その男が彼女の指示を仰いでいたことが詳らかになれば、いかに皇妃といえど言い逃れはできない」

最後の最後にヴァシルは皇妃とはっきり名指しして言った。

アイシスは神妙に頷いて、口添えする。

「皇妃様はプライドのお高い御方です。すべて露見した暁には潔く腹を括られるおつもりだったと思います」

「ああ」

ヴァシルも同意した。

アイシスはにっこり微笑んで、今度は自分からヴァシルの手を取った。

「それさえ片がつけば、もう何も問題はありませんね」

「いや、一つある」

「え?」

訝しみ、新たな不安を込み上げさせたアイシスに、ヴァシルは真面目な表情で言う。

「俺は今までおまえにありとあらゆる酷い仕打ちをした。どうすればそれを謝ることができるだろう。教えてくれ」

「そんな」

よもやヴァシルの口からこんな言葉を聞くとは思わず、アイシスはどう返せばいいのかわからなくて当惑する。

「私はべつに……陛下に謝罪などしていただかなくても……」

「だめだ。それでは俺の気がすまない。なんでもいい。何か俺に求めてくれ。俺はなんでも従う。それが俺の罪滅ぼしだ」

ヴァシルがあまりにも真剣なので、アイシスは気圧された。

何もない、いらないではすまされそうにない雰囲気だった。

「……陛下が、そこまでおっしゃるのなら……」

アイシスは恥じらいながら小さな声で言った。

「私がベッドから起きられるようになったら、初夜のやり直しをしてくださいますか」

言ってしまってから、いっそう羞恥が膨らみ、布団に潜って顔を隠したくなった。きっと耳まで真っ赤になっているだろう。顔が火照って、熱くてたまらない。

「そんなことで許されるのか」

ヴァシルは最初唖然としていたが、そのうち、頰を緩め、泣き笑いするように表情を崩していった。皇帝のこんな人間くさい顔を見たことのある人間は、もしかするとアイシスだけかもしれない。アイシスはそこに猛烈な幸福を感じた。

ふわりと笑って「はい」とはっきり答える。

ヴァシルは注意深くアイシスに覆い被さってくると、唇を塞いで音を立てて吸ってきた。

「やり直そう。あらためて誓う。おまえを愛してる」

熱っぽい口調で言い、再び唇を奪いにくる。

朝を迎えて間もない爽やかな室内に、ずっとキスを交わす湿った音と、愛の囁きが続く。その間、侍従と医師は中に入るのを躊躇い、しばらく廊下で待っていたのだった。

＊

二日、三日と経つにしたがってアイシスの容態はぐんぐんよくなっていき、一週間後には起きて普通に過ごすことができるまでになっていた。傷も粗方塞がり、痛みもずいぶん緩和されてきた。

ヴァシルは毎日手摘みの花を持って見舞いに訪れては、朝から夕刻までアイシスに付き添った。アイシスが起きているときには話をしたり、食事を一緒にとったり、レコードをかけて音楽を聴いたりするが、薬の効能で眠ってしまってからは、本を読むなどして静かに寝顔を見守る。入浴できるようになるまでは体を拭くのを自ら買って出て、侍女を驚かせた。

「大変仲睦まじくされていると、わたしのところまで噂話が届いておりますよ」

所用で城を訪れたオレストに言われ、ヴァシルは照れくささを感じつつも「おかげさまで、うまくいっている」と認めた。今までであれば意地でも口にしなかった言葉だ。

オレストも意外だったようで目を瞠ったが、すぐににっこり笑って、

「なによりです」

と自分のことのように喜んだ。

オレストを城に呼んだのはヴァシルだ。逃げていた黒ずくめの男をついに捕らえたとの報告を受けたので、詳しい話をオレストから聞くためだった。

「現在身柄を憲兵本部で拘束し、尋問中ですが、素直に口を割って話をしているようです。依頼者はご高察どおり皇妃様で間違いありません。皇妃様には近衛兵を監視につけております。早まったことをされてはいけませんので」

「くれぐれも自害などさせてはならぬ。明後日には王宮に戻るので、それまで皇妃をしっか

り守れ」

「畏まりました」

事件の話がすむと、ヴァシルはオレストを今宵催す内輪の晩餐会に誘ったが、オレストは謹んで固辞した。

「まだアイシスと会うのは辛いか」

「いえ、わたし自身はすでに気持ちの整理をつけておりますが、アイシス様はただでさえ恐ろしい目に遭われて大怪我をなさった直後です。この上、わたしと顔を合わせることで万一心労をおかけしたらと思うと、申し訳なさすぎますので」

「そうか。おそらくアイシスももう貴公を許していると思うが、貴公がそのようにアイシスを気遣ってくれるのは嬉しい。もうしばらくアイシスの様子を見て、大丈夫そうならあらためて三人で会う場を設けることにしよう」

「はっ。恐悦至極に存じます」

オレストが引き揚げたあとヴァシルがアイシスの部屋を訪ねると、アイシスは窓辺に立っており、ヴァシルを振り返ってふわりと微笑した。

「今、軍の車で出て行かれたのは、もしかして……?」

「オレストだ」

ヴァシルは背後から腕を回してアイシスの体を包み込むように抱くと、隠さず答えた。

「今度おまえと三人で会う場を設けると約束した。かまわなかったか」

「もちろんです」

アイシスは迷わず答える。

なんのやましさもないからこその返事だと信じられて、ヴァシルの心は穏やかだった。

細く尖った顎を擡《もた》げ、小さな唇を啄む。

アイシスはうっとりとした表情でヴァシルに身を委ねる。肩を動かしても痛みはもうそれほど感じなくなっているようだ。順調に回復しているのだとわかってヴァシルは嬉しかった。

「今夜、晩餐会のあと、おまえを抱く。もう待てない」

耳元で囁いたヴァシルには、アイシスは陶然とした表情で頷く。

「……はい」

ゆったりとしたワンピース型の部屋着越しに感じていたアイシスの体温が少し上昇したのがわかり、ヴァシルは腰を抱いていた腕を一本、足の付け根に滑り下ろした。

「あ、んっ……だめ。あっ」

芯を作りかけている股間を摑むと、アイシスは恥じらって身動ぐ。

下着をつけていないので、部屋着の上から直接陰茎を触ることになり、二箇所穿たれたピアスがはっきりとわかる。

胸のほうも確かめてみれば、案の定乳首がツンと尖って硬くなっていた。

乳首に通した金環を布地越しに摘んで引っ張る。

「あぁっ、い、いや……っ」

嫌と言って頭を振りながらアイシスはしっかり感じて、喘ぐように息をする。

「おまえも期待しているらしい。今夜が楽しみだ」

ヴァシルはほっそりした首に唇を滑らせ、色香の滲んだ声で言う。

「嫌ではないだろう?」

ヴァシルの腕の中でアイシスは官能を揺さぶられたようにふるっと震える。嫌なはずがないと、全身で応えていた。

アイシスの快復を祝う内輪の晩餐会は、侍従や侍女ばかりでなく、料理人たちもテーブルに着かせて、和やかな雰囲気のうちに終わった。

その後、ヴァシルとアイシスはいったんそれぞれの部屋に戻り、寝支度をした上でヴァシルがアイシスの寝室を訪れる形を取った。

肌が透ける寝間着姿でベッドに上がって待っていたアイシスの前で、ヴァシルは羽織ってきたローブを落とし、さらに寝間着も脱いだ。

裸になったヴァシルがスプリングを僅かに揺らしてベッドに上がってくる。

部屋の明かりは枕元のローチェストに置かれた燭台だけで、いい感じに薄暗い。

もう何度も肌を合わせた仲のはずだが、久しぶりのせいか今夜のアイシスは少し緊張気味だった。恥ずかしそうに顔を俯け、長い睫毛を覚束なげに揺らす。

初々しくて、本当にこれが二人の新床であるかのような悦びをヴァシルに味わわせる。

「初めておまえの蕾を散らした夜のことはこの先もきっと忘れないだろうが、今夜の情事もそれに負けないくらい記憶に残るものになりそうだ」

「はい」

ヴァシルはアイシスの体を腹の下に敷き込むようにしてシーツに横たえると、濡れたように光る瞳を見つめ、愛らしい口を塞ぐ。

柔らかな唇を何度も堪能するように吸い、合わせが緩むとそこから舌を差し入れて、熱い口腔をまさぐった。

舌を絡める濃密なキスを続けながら、透けた薄衣の寝間着を開く。

湯に浸かって温まった真っ白い肌からは、丹念に塗り込められた香油の芳しい香りが上り立ち、滑らかで吸いつくような手触りと相俟ってヴァシルの欲情を刺激する。

ピアスが輝く乳首は赤く色づき、ふっくらと膨らんで凝っていて、触れるとアイシスは堪らなそうに身を捩り、キスに応えながら喉を震わせ「くう……っ」と喘いだ。

ヴァシルは搦め捕っていた舌を離し、濡れた唇で乳首を啄み、チュッと強く吸い上げた。

「ああっ、あっ」

アイシスが狼狽えた声を出す。

顎を仰け反らせ、唇をわななかせる様にヴァシルはいっそう劣情をそそられた。

もっと悦びに泣かせ、喘がせたい。アイシスが気持ちよさそうにすると、ヴァシルは自分の体に直接触れる以上に昂揚した。

両の乳首を交互に口に含み、舌先でピアスの金環を弄って刺激する。

「ひっ、あ、だめ……だめ、感じてしまいますっ」

ピアスを動かされるとアイシスは我を忘れてはしたなく身を揺すり、悶えだす。

指と口を駆使して乳首を嬲ってやっているうちに、アイシスの乱れ方はどんどん激しくなっていった。

「ああ、んっ、私、私……だめ。ああっ、イク……！」

腹と腹に挟まれて、悶えるたびに擦り立てられていたアイシスの陰茎は、ガチガチに硬くなっていた。それがあっという間に弾け、アイシスは解放の悦楽に身をのたうたせて嬌声を放った。

「申し訳ありません……」

はぁはぁと呼吸を荒げながら謝るアイシスの汗ばんだ顔に、ヴァシルはいくつもキスを落として落ち着かせる。

「気持ちよかったんだろう。ならば謝らなくていい」

「……とても、気持ちがよくて……死ぬかと思いました」

「じゃあ、俺にもいい思いをさせてくれ」

ヴァシルはアイシスの脚を開かせると、潤滑剤で濡らした指を双丘の奥に潜らせた。達したばかりで敏感になっているアイシスは、爪先を触れさせるだけの愛撫にも顕著に反応し、艶めいた声を洩らす。

両脚を曲げて上げさせ、秘部を晒す。

アイシスは恥じらって頬を染め、首を倒したときに、睫毛の間に引っかかっていた涙をシーツに振り落とした。

先に一度射精して体が弛緩しているせいか、いつもはもっと頑なに窄まっている襞が、今夜は心持ち柔らかい。潤滑剤をたっぷりとまぶした指でさして難なくこじ開けられ、人差し指をズズッと挿入すると、待ちかねていたかのように内壁がきゅうっと引き絞るように絡んでくる。

久しぶりに味わうアイシスの中は、熱くてしっとりと湿っていて、絶品の締まり具合でヴァシルを低く唸らせる。

内壁を擦ったり、奥を突いたりして優しく中で動かすと、そのたびにアイシスは可愛い声を上げ、長い金髪をさらさらとシーツに滑らせて悶えた。

さらにもう一本指を増やし、二本の指を付け根までねじ込んで抜き差しする。

途中、二度ほど潤滑剤を足しながら、十分に後孔を解して寛げたところで、ヴァシルは猛っていた己の股間を抜いた指の代わりに襞の真ん中にあてがった。

ヒクヒクと、誘うように猥りがわしく収縮する襞を硬い先端で掻き分け、ずぷっとエラの張った亀頭をアイシスの中に埋める。

「ああぁっ、陛下……！」

アイシスの口から歓喜に満ちたあられもない声が迸る。

「……嬉しい、私、とても嬉しいです」

「アイシス」

けなげなことを言って啜り泣きするアイシスに、ヴァシルは頭が爆発するような愉悦に包まれ、恋情と愛情がかつてないほど高まった。

「俺も嬉しい。おまえを得られて、本当によかった。幸せすぎてどうにかなりそうだ」

次から次へと率直な言葉が口を衝く。

ヴァシルはアイシスの狭い器官を押し開き、ずぶずぶと奥まで剛直を進めた。

その比喩が一番しっくりくるほどヴァシルの陰茎は猛々しく昂っていて、アイシスが可哀想なほど嵩を増して長大で硬かった。

「うう……っ、あ、あ……大きい……っ」

「おまえのせいだ」

ヴァシルはアイシスの喘ぐ口を吸い、宥めるように再び兆してきた陰茎を愛撫しながら、徐々に腰を進める。

「ああっ！」

ズン、と奥を突いてすべて収めたとき、アイシスは尖った悲鳴を上げてぶるっと大きく胴震いした。

「わかるか。俺とおまえは今一つに繋がっている」

「はい」

息を弾ませ、胸板を上下させてピアスを揺らしながら、アイシスは紅潮した顔に歓喜に満ちた笑みを湛える。

ヴァシルはアイシスのしなやかな体を両腕で抱き竦め、貪るようにキスをした。

アイシスからも積極的に口と舌を使って応えてくる。

熱烈なキスを交わしつつ、ヴァシルはゆっくりと腰を動かす。

「んんっ、ん……う」

部屋中に湿った水音とアイシスの喘ぎ声が響く。

やがてヴァシルはキスをやめ、アイシスの腰を両手で摑むと、蕩けた秘部を本格的に責めだした。

ズン、ズンと容赦なく突き上げ、ズルリと引いて頭頂部だけ残して抜いては、それをまたいっきに突き戻す。

いった。

「ああっ、あ、あっ」

アイシスの乱れ方が激しくなっていく。

ヴァシルも途中からなりふりかまわず腰を動かしており、高みを目指してどんどん昂っていく。

「あ……！　あ、また、また私……！」

「アイシス！」

法悦の瞬間が二人に同時に訪れ、ヴァシルはアイシスが腹の上に白濁を迸らせたのを見て、あたかも自分がアイシスの腹の中に放ったものであるかのような錯覚を受けた。

ぐったりと力の抜けたアイシスの細身を抱き寄せて、シーツに横たわる。

下半身は離しても、身は離したくなかった。

「おまえに一目惚れした俺を、俺は誇りに思う」

アイシスの髪を優しい指遣いで撫でながら、ヴァシルは熱っぽい口調で言った。

「おまえを一生大事にする。俺と結婚したことを決して後悔させせない」

「はい」

ヴァシルに言われるまでもなく、アイシスはヴァシルと結婚したことを後悔したことなど一度もないし、これから先もしない自信がある。

それを言葉にしなくてもいいくらい、二人はようやく本当の夫婦になれたのだった。

# 後日譚　猫と少佐と庭園で

アイシスがヴァシルと共に静養先の古城から王宮に戻ったのは、快気祝いの晩餐会を開いてもらった翌日だ。

侍従たちもテーブルに着かせての内輪の晩餐会のあと、アイシスの望んだとおり初夜をやり直すかのような甘く熱い行為に夜を徹して溺れ、ほとんど眠らぬまま馬車で移動した。

アイシスの肩の銃創は順調に治癒しており、包帯の巻き方も手術直後ほど大袈裟ではなくなっている。

十二妃が襲われた事件は隠しようもなく、瞬く間に国中に広まったが、実行犯が迅速に逮捕されたので、騒ぎは収束しつつあった。背後に黒幕の存在があったことは公表せず、秘密裏に処理された。実行犯の男と法的な取り引きが行われ、本来であれば極刑に処せられるところを減刑する代わりに、この件に関しては永久に口を閉ざす誓約が交わされたのだ。

実行犯の男にアイシス暗殺の指示を出した皇妃は、近く、体調不良を理由に皇帝の正妻の座を降り、帝国北東部にある田舎町に療養のため引き籠もることになった。

それを受けて、新しい皇妃は誰になるのか帝国中で様々な意見や憶測が飛び交っているが、ヴァシルは当面皇妃の座は空けておくつもりらしかった。これまで男の妃が皇妃になった前例はなく、さすがのヴァシルもアイシスをとごり押しするわけにはいかなかったようだ。

王宮での日々はこれまでと特に変わらず、ヴァシルは夜毎アイシスの許を訪れては情熱的な行為を交わす。そうして夜を明かすと、遅めの朝食を一緒にとっていくか、午後のお茶にアイシスをあらためて誘うかして、二人の時間を愉しむ。夜の晩餐に他の妃たちと同席することはアイシス自身の意思で遠慮させてもらっている。ヴァシルも異は唱えなかった。アイシスが負担に感じるなら、無理にそうする必要はないと理解を示す。

もう少し怪我の状態がよくなれば、遠乗りなどもできるようになるだろうが、御殿医の許可が下りるまではせいぜい庭の散歩をするくらいが関の山だ。

部屋で読書をしたり音楽を聴いたりするのに飽きると、アイシスはしばしば庭に出た。散歩のお供はヴァシルの飼い猫レノスが務める。レノスはヴァシルが公務に勤しんでいる間は、手持ち無沙汰を紛らすかのごとくアイシスの傍にやって来る。バルコニー側から窓を叩いてアイシスに中に入れろと催促したり、堂々と廊下を歩いてきて侍従や近衛兵に扉を開けさせたりと、やりたい放題だ。

その日もレノスはアイシスが庭に降りた途端、どこからともなく現れて、足元に擦り寄ってきた。

アイシスは筋肉質のしなやかなボディをした優雅な黒猫を抱き上げ、噴水広場のある壮大な庭園を散歩する。

イチイのヘッジが壁のように並ぶところまで来たとき、それまでじっとしていたレノスがいきなり身を捩り、アイシスの腕から抜け出してトンと地面に降りた。

「レノス？」

そのまま俊敏に走り出し、ヘッジとヘッジの間に姿を消す。

どうやらアイシスとの散歩より他に興味を引かれることがあったらしい。そう思って、あえて追いかけずに小道を真っ直ぐ進んでいると、次のヘッジの切れ目からゆったりとした足取りで軍服姿の大柄な男が歩み出てきた。腕に軽々と抱いているのはレノスだ。

「エリティス少佐」

アイシスは不意を衝かれて驚いたが、オレストのほうは先ほどアイシスがレノスに呼びかけた声を聞いていたらしく、小道に出て行けばアイシスと会うのがわかっていたようだ。最初からこちらに顔を向けており、目が合うと恭しくお辞儀をする。

「ご無沙汰しております」

オレストはその場に足を止め、自分からは動かなかった。

躊躇したのは一瞬で、アイシスはすぐに気を取り直すと、歩調を変えずにそのままオレストに近づいていった。

ニャア、とオレストの腕の中でレノスが一声鳴く。めったに鳴かない猫なだけに、アイシスはレノスに、さっさと来いと急かされた気がした。普段はクールに装っているが意外とお節介やきだったのだなと、新たな一面を垣間見た心地だ。

「私のほうこそ、ご無沙汰しておりました」

オレストと向き合い、アイシスも丁寧に頭を下げた。

「どの面下げて妃殿下にお目にかかれるのかと、自粛していたのですが、よもやこのような形で挨拶させていただくことになろうとは思ってもみませんでした」

オレストは邪心など微塵も感じさせない澄んだまなざしでアイシスを眩しげに見つめ、神妙な顔つきで言う。

「……ご不快でしたら、わたしは猫を置いてここから即刻立ち去ります」

「いいえ、その必要はありません」

アイシスが穏やかな口調ではっきり返事をすると、オレストは重い荷物を下ろしたかのごとくホッとした表情になる。

「ありがとうございます。もう、お加減はよろしいのですか」

「はい。日常生活をするにおいてはなんら差し支えありません。オレスト様にも、その節はいろいろとお世話になったと伺っております。ありがとうございました」

「とりあえず八方収まるところに収まったようで、よかったです」

「オレスト様は、これから陛下とお会いになるのでしょうか」

「久々に顔を見せろとの仰せで」

畏まって答えつつも、屈託のなさが伝わってきて、ヴァシルとの関係もすっかり修復できたようだと感じられ、アイシスは気がかりがまた一つなくなった。

「レノス、オレスト様にも懐いているのですね」

オレストにおとなしく抱かれたままでいるレノスに視線を移して、アイシスはふわりと微笑んだ。

「ええ、光栄なことに」

自分のことを話題にされていると敏感に察したレノスが厭そうに身動ぎしたので、オレストは「ご不快なようだ」と笑って身を屈め、レノスを放す。

レノスは再びイチイのヘッジの向こうへ歩いていった。

「少し歩きませんか。そこまでご一緒してもよろしいですか」

アイシスからオレストを誘う。

「喜んで」

オレストは以前のようにアイシスの手を取ることはせず、必要以上に親密にならないよう配慮しているのを感じさせた。アイシスもオレストの気持ちを汲み、適度な距離感を保って会話だけで親しみのある遣り取りを続けた。

あんなことがあった後だから、すぐに何もかも水に流してというわけにはいかない。立場もあるし、心情もある。多少ぎくしゃくするのは当然だった。焦らず徐々に新たな関係を作っていけたらいいとアイシスは思った。

「今日、ここでお会いできて、よかったです」

噴水広場の先にあるパーゴラの所でアイシスは足を止め、オレストにそう言った。

「わたしも、この偶然に感謝しています」

オレストは胸に手を当て、深々と頭を下げると、アイシスと別れてさらに庭園の奥へと歩き去って行く。

背筋の伸びた後ろ姿を、アイシスは晴れやかな気持ちで見送った。

そちらに気を取られていると、ドスン、と足元に柔らかな体がぶつかってきた。

「レノス」

気まぐれな猫を再び抱き上げる。

アイシスはパーゴラの周囲に設けられた花壇の間を歩き、色鮮やかな花を一つ一つ丁寧に眺めていきながら、

「今日はさっそくいいことがあったよ」

と猫に話しかけた。

レノスは賢そうな金色の目でアイシスを見上げ、おれが連れてきてやったんだぞ、と言わんばかりに喉をグルッと鳴らす。

「うん。そうだね」

アイシスは猫に顔を近づけ、額にそっとキスをした。

レノスはまんざらでもなさそうに、さらに機嫌良く喉を鳴らした。

花壇を一通り巡ったところで、噴水広場のほうから侍女がドレスの裾をたくし上げながら

小走りに駆け寄ってくるのが見えた。

また何かあったのかと不安を覚えたのも束の間、侍女はアイシスの傍に来て恭しく腰を折ると、

「陛下がいつものようにお茶をご一緒なさりたいとの仰せでございます」

と告げる。

ひょっとするとオレストも同席するのではないか。

なんとなくアイシスには、ヴァシルが最初からそのつもりでオレストを呼び寄せたのだという気がした。

「すぐにお支度を」

支度、と言われて、アイシスはツキッと乳首に官能の疼痛が走るのを覚えた。

「ドレス、ですか」

「左様でございます」

昼間からまたはしたないことになってしまう。それも、オレストの目の前で。

だが、その倒錯的な悦びは、ヴァシルだけでなくアイシスにとっても嫌悪するものではなくなっていた。

ヴァシルはヴァシルで、オレストの忍耐と忠誠心を今一度はっきり確かめる一方、アイシスを見せびらかして自慢したいのだろう。困った陛下だと思いはしても、アイシスは意見す

る立場にないし、するつもりもなかった。自分はヴァシルのものだ。忠誠を誓う身であることはオレストと変わりない。オレストもきっとヴァシルの信頼に応えるに違いない。

アイシスはレノスを抱いたまま侍女と連れ立って王宮に引き返した。

短い春はそろそろ終わりを告げようとしている。

北方の国で生まれ育ったアイシスはまだ夏を知らない。

嫁いだ国で、愛していると毎晩のように囁いてくれる夫と初めて迎える季節が、期待と共にもうすぐそこまで来ていた。

# あとがき

　このたびは拙著をお手に取ってくださいまして、ありがとうございます。

　花嫁ものです。しかも、テーマはこれでもかとばかりにエロティシズムです。タイトルからして被虐をもじった秘虐ですから、大方の想像はつくのではないかと思います……。ルチル文庫さんでこんなハゲシイの大丈夫でしょうか、と打ち合わせの際に担当さんにご相談したのですが、「やるならば中途半端にしないで徹底してやったほうがいいと思います」とのご意見＆励ましを頂戴しましたので、私に書ける限りを存分に出し切って執筆したつもりです。

　どうかお楽しみいただけますと幸いです。

　本作を書こうと思い立ちましたのは、一つには、イラストがサマミヤアカザ先生に決まっていたから、ということがありました。サマミヤ先生の描かれる可愛らしくも美しい世界観でなら、陵辱も被虐も素敵に緩和されるのではないかと思いました。カバーイラストや口絵を拝見して、その予想はまさに的中したと感激しました。

　お忙しい中、素晴らしいイラストの数々をいただきまして、本当にありがとうございました。架空世界で衣装ものということで、いろいろとご苦労をおかけしたのではないかと思います。重ねてお礼申し上げます。

花嫁ものは過去にも何作か執筆しているのですが、今回ほど寝るシーンが怒濤のように入ってくる作品は久しぶりだった気がします。

書きながら、乳首責めはやっぱり陵辱系には必須だよね、としみじみ思っていました。今回の花嫁ものは「男のお嫁さんが特に違和感なく受け入れられている世界」という設定だったため、女装に隠すという意味合いが不要で、純粋に趣味として愉しめたところが個人的に萌えでした。ヴァシルではないですが、アイシスさんはなんとなく苛め甲斐があって、つい、いろいろと泣かせてしまいました。でも、案外アイシスさんも心の奥底では、こういうのも嫌いじゃない……、と柔軟に受け入れていた気がします。見てくれは清純派そのものの若妻が実は淫乱、というのもまた個人的萌えの一つです。

今年は私的に花嫁ものをたくさん書こうと目標を立てている年です。その一作目を久しぶりにお邪魔させていただくルチル文庫さんで出していただけて光栄です。

制作スタッフの皆様にはギリギリの進行続きで大変なご迷惑をおかけしました。どうも申し訳ありませんでした。発行にご尽力くださいましてありがとうございます。

それでは、また次の作品でお目にかかれますと幸いです。

ここまでお読みいただき、ありがとうございました。

遠野春日拝

✦初出　秘虐の花嫁……………………………書き下ろし
後日譚　猫と少佐と庭園で………書き下ろし

遠野春日先生、サマミヤアカザ先生へのお便り、本作品に関するご意見、ご感想などは
〒151-0051 東京都渋谷区千駄ヶ谷 4-9-7
幻冬舎コミックス　ルチル文庫「秘虐の花嫁」係まで。

幻冬舎ルチル文庫

秘虐の花嫁

2014年2月20日　第1刷発行

✦著者　遠野春日　とおの はるひ

✦発行人　伊藤嘉彦

✦発行元　株式会社 幻冬舎コミックス
〒151-0051 東京都渋谷区千駄ヶ谷 4-9-7
電話 03(5411)6431[編集]

✦発売元　株式会社 幻冬舎
〒151-0051 東京都渋谷区千駄ヶ谷 4-9-7
電話 03(5411)6222[営業]
振替 00120-8-767643

✦印刷・製本所　中央精版印刷株式会社

✦検印廃止


ISBN978-4-344-83059-2　C0193　Printed in Japan

## 「幻冬舎ルチル文庫」
大好評発売中

発行●幻冬舎コミックス　発売●幻冬舎